Trans+

Trans+

Trans+

Trans+

Silent Macabre

SM 10

鄰家女孩

The Girl Next Door

作者：傑克．凱琛（Jack Ketchum）
譯者：柯清心
責任編輯：江怡瑩
美術編輯：蔡怡欣
校對：呂佳真
法律顧問：全理法律事務所董安丹律師
出版：小異出版
台北市105南京東路四段25號11樓
TEL：(02)87123898 FAX：(02)87123897
e-mail:locus@locuspublishing.com
www.locuspublishing.com
發行：大塊文化出版股份有限公司
台北市105南京東路四段25號11樓
讀者服務專線：0800-006689
TEL：(02) 87123898 FAX：(02)87123897
郵撥帳號：18955675
戶名：大塊文化出版股份有限公司

總經銷：大和書報圖書股份有限公司
地址：台北縣五股工業區五工五路2號
TEL：(02) 89902588 FAX：(02) 22901658
初版一刷：2009年12月
初版三刷：2010年1月
定價：新台幣280元
ISBN：978-986-84569-9-0

鄰家女孩

The Girl Next Door

傑克・凱堔（Jack Ketchum）著

柯清心 譯

推薦全美最恐怖的傢伙——傑克・凱琛

史蒂芬・金

其實傑克・凱琛（Jack Ketchum）這個人並不存在；那是一個叫達拉斯・邁爾（Dallas Mayr）的傢伙的筆名，假若這是機密，我當然不會隨便說出來，可惜不是；達拉斯・邁爾的名字出現在所有凱琛的小說版權頁上（有七八部在美國出版），他若爲你簽名，常會簽上「達拉斯」三個字。（不過這部小說版本的讀者，看到的也許是「傑克・凱琛」！）反正我也不覺得傑克・凱琛像眞實的名字；反倒更像假名。畢竟英國好幾個世代的劊子手，都沿用傑克・凱琪（Jack Ketch）這個名字，而且這位美國同名作家的小說裡，也都沒有倖存者；他總是讓活板門一開，拉緊套索，連無辜者一起賜死。

有句老話說，人生唯二可以確定的事，就是死亡與稅。不過我還可以加上第三項：迪士尼電影永遠不可能改拍傑克・凱琛的小說。凱琛小說裡的小矮人都是食人族，大野狼從來不會喊累，公主最後會被綁在破爛小屋中的柱子上，讓瘋女人拿熨斗燙掉她的陰蒂。

我以前爲凱琛寫過簡介，說他已成爲類型讀者的標竿，也是我們這些寫恐怖懸疑故事者的英雄。這在當時和現在，都是事實。凱琛是最接近英國作家克里夫・巴克（Clive Barker）的美國作家……指的是其作品的感受，而非故事本身，因爲凱琛很少處理神怪的議題。不過那並不是重點，重要的是，讀過他作品的作家，無一不受其影響，讀過他作品的讀者，無一能輕易忘掉他，凱堔已成爲一種典範了。自從他首部小說《淡季》（Off Season）——有點像文學版的《活死人之夜》（Night of the Living Dead）——問世後便如此，《鄰家女孩》更是如此，或許是凱堔最具權威性的作品。

就我認爲，跟他最像的作者是吉米．湯普森（Jim Thompson），四〇年代末及五〇年代的神祕暴力犯罪小說家。凱堔和湯普森一樣，作品均以平裝書出版（至少在美國如此；凱堔在英國曾出版過一兩次精裝本），從未擠進暢銷書單，除了《墓園之舞》（Cemetery Dance）和《Fangoria》等類型出版品外，從未有人訪問過他（他們幾乎無法瞭解他），一般的讀者大眾幾乎完全不認識他。然而凱堔跟湯普森一樣，是個極端有趣的作家，凶殘且時而才華洋溢，卓絕的才情中帶著晦暗絕望的觀點。他的作品呈現，是其他更知名的文學作家無力處理的——我想到威廉．甘迺迪（William Kennedy）、達克多羅（E.L. Doctorow）及諾曼•梅勒（Norman Mailer）等幾位風格迥異的小說家。事實上，我認爲當今美國小說家中，只有一位比傑克．凱堔更優秀而重要，那就是戈馬克．麥卡錫（Cormac McCarthy）。這對一位知名度不高的平裝書作家而言，是極大的讚譽，卻並不誇張。不管你喜不喜歡（許多讀過小說的人大概會不喜歡），傑克．凱堔的優秀不容置疑。你大概記得，戈馬克．麥卡錫在出版《愛在奔馳》（All the Pretty Horses）這部與他之前作品迥然不同的牛仔浪漫小說之前，亦沒沒無聞，長年窮困潦倒。

凱堔不像麥卡錫，他對密集而抒情式的語句沒興趣。他跟吉米．湯普森一樣，使用平淡無奇的美式語句，以流暢而半帶幽默的方式，讓作品變得更明快——我想到《鄰家女孩》中，那個瘋狂的小鬼艾迪，沿街走來，「打著赤膊，牙齒間咬著一大條黑色的活蛇」。但凱琛的作品特色不在幽默，而在其驚悚——就像他之前的吉米·湯普森一樣（以《致命賭徒》（The Grifters）或《體內殺手》（The Killer Inside Me）兩本書爲例，凱琛幾乎也寫得出來），他覺得生活裡的慘事充滿刺激，在這個世界上，一名女孩無情地遭受整個鄰區，而不只是一個瘋女人的凌虐；在這個世界上，連英雄都顯得太遲疑，太懦弱，太猶豫不決。

《鄰家女孩》篇幅很短——僅有兩百三十二頁（編按：這裡指原文初版）——但不失爲一部格局宏大的野心之作。其實我並不訝異；因爲美國越戰後幾年，除了詩，數量最多的藝術表達形式就屬懸疑小說了（那幾年我們的藝術成就實在乏善可陳；咱們戰後嬰兒潮世代的人，在藝術、政治和性生活的表現都滿遜的）。也許批評挑剔的人少一點，比較容易會有好的創作吧，自法蘭克·諾里斯（Frank Norris）的《麥克悌格》（McTeague）後，情形便是如此，那也是一部凱琛寫得出來的作品（不過凱琛的版本，大概會刪掉許多煩人的對話，而大幅縮短……大概剩下兩百三十二頁左右吧）。

《鄰家女孩》（這個詞本身便呈現出迷濛、溫和浪漫、漫步於微光中、在學校體育館跳舞的畫面）以典型的五〇年代場景做開場，由一名年輕男孩口述——很多故事都這樣，如《麥田捕手》、《一個人的和平》（A Separate Peace），和我自己的小說《屍體》（The Body）。故事一開始（繼一整章的序曲之後）便非常地《頑童歷險記》：一名臉龐曬得黧黑的男孩，光著腳，頂著夏日的豔陽，趴在河裡的石頭上，拿錫罐抓小龍蝦。這時瑪姬來了，她漂亮，綁著馬尾，芳齡十四，當然了，瑪姬剛剛搬來。她和她妹妹蘇珊，住在獨力撫養三名兒子的單親媽媽蘿絲家裡，其中一名男孩是大衛小時候最要好的朋友（想當然爾）。他們一群人晚上都會擠在蘿絲．錢德勒家的客廳電視機前，看各種情境喜劇和西部片。凱垛以簡潔精準的方式，喚起五〇年代的氛圍——音樂、小國寡民的郊區生活、錢德勒家地下室的防空室所代表的各種恐懼。然後抓住他營造出來的表象，輕而易舉地將之整個翻轉過來。

首先，在大衛的家裡，父親並非無所不知的；這位父親是個無可救藥的花心男子，婚姻岌岌可危。大衛也知道這點，「老爸的外遇機會不斷，而且來者不拒。」他說，「從早到晚都會遇到馬子。」這淡淡的諷刺，威力卻絲毫不減；等你發現痛時，你已又繼續往前走一大段了。

由於一場意外車禍，瑪姬和蘇珊來到錢德勒家了（哪天眞該有人研究一下，車禍情節對美國文學的影響）。一開始她們似乎跟蘿絲的孩子相安無事——吠吠、唐尼和小威利——還有蘿絲本人，一位隨和、愛聊天、香煙一根接一根，孩子們若能對父母守口如瓶，就讓他們喝啤酒的女人。

凱垛的對話寫得很精彩，蘿絲的話聽來銳利而帶點焦躁。「你們要記取教訓哪，各位男生。」有一次她說，「要記住這個，很重要的。你們只要隨時對一個女人好，她就會幫你做一堆事情。大衛對瑪姬好，人家就送他一幅畫……女生很好把的……給她們一點好處，就讓你予取予求。」

對於兩位心靈受傷的女孩，你大概會認爲，這最適合的治療環境和最好的成人，應該是……可惜咱們面對的作家是傑克・凱堔，凱堔才不玩那一套。他以前不玩，以後大概永遠也不會。

講話戲謔、看來溫和善良的蘿絲，精神其實漸次崩解，慢慢墜入暴力與妄想的深淵裡。她是一個可怕但平凡的壞人，正適合艾森豪的時代。作者從未解釋她出了什麼毛病；蘿絲和一群在她家廝混的小鬼，用一句話做爲他們的護身符——千萬別說出來。那句話可算是五〇年代的代表，小說裡每個人物都牢記在心，直至最後不可收拾。

最後，凱堔對孩子們的興趣，反而比對蘿絲高——不只是錢德勒家的男孩和大衛，還包括所有在錢德勒地下室進出、凌虐謀害瑪姬的孩子。凱堔在乎的是艾迪、黛妮絲、東尼、肯尼、葛蘭，以及五〇年代所有愚昧的不良少年，那些理著平頭，髮上塗蠟，膝蓋因打棒球而滿是疤痕的孩子。有些像大衛這樣的小孩，不只旁觀，還動手。有的參與其中，最後甚至夥同著拿燒燙的針，在瑪姬的肚皮上刺下「I FUCK FUCK ME」的字樣。他們來來去去……看電視……喝可樂，吃花生奶油三明治……沒有一個人露口風，沒有人阻止地下室裡的慘事，那簡直是一場噩夢。幸福的表象下，隱藏著猙獰可怖的情節。小說之所以成功，不是因爲凱堔對郊區生活的精準描繪，而是因爲我們不得不信，一群冷漠的孩子，和一個鼓吹惡行的成人，再加上莫管他人瓦上霜的心態，這種事是可能發生的。畢竟當年確實有個叫凱蒂・吉諾維斯（Kitty Genovese）的女人，在紐約的巷弄裡掙扎數小時，最後還是活活被刺死。她不斷尖叫求救，目睹現場的人很多，卻無人出面阻止，甚至沒有人打電話報警。

他們一定是把「千萬別說出來」奉爲圭臬了……其實，從「千萬別說出來」，到「咱們去幫忙」，大概只有一線之隔吧？

敘述者大衛是小說裡的好人，難怪他會爲蘿絲地下室裡最後的那場大屠殺，感到自責不已；因爲善良是一種責任，也是一種狀態。他知道眼前發生的事是錯的，自然會比那些缺乏道德，燒灼、割刺，並性侵鄰家女孩的孩子更加愧疚。這些事大衛都沒參與，但他也沒把錢德勒家的事告訴爸媽，或去報警，因爲他其實還是想要參與的。當大衛終於挺身而出時，讀者才有了滿足感——這是凱堔施捨給我們的一道清冷陽光——卻又同時恨他未能及早行動。

如果讀者對這位可鄙的敘事者只覺得憎恨，那麼《鄰家女孩》便會像布萊特．伊斯坦．伊利斯（Brett Easton Ellis）的《美國殺人魔》（American Psycho）一樣，在道德拿捏上失了分寸。大衛也許是凱堔筆下，最能引發讀者共鳴的角色了，他跟伊利斯所寫的色情商相差了十萬八千里。大衛的複雜心理，使本書更能引發回響，這是他早期作品中少見的。讀者會同情大衛，瞭解他一開始爲何不願去告發蘿絲，因爲蘿絲對孩子沒有歧見，不會當他們是礙手礙腳的討厭鬼，我們也能瞭解，大衛何以無法辨識是非。

「有時，這部電影會變得頗像六〇年代末期的片子。」大衛說，「大部分像外國片——讓人覺得置身於某種迷人而深具催眠作用的朦朧幻影中，畫面飽含層層疊疊的意涵，最後卻又了無意義。演員則個個頂了張撲克臉，面無表情而被動地飄過一個個噩夢般的場景。」

對我而言，《鄰家女孩》最傑出的，就是到最後，讓我能以自己的觀點去接受大衛——但在某方面又很排斥——就像吉米．湯普森的《體內殺手》中，那位獰笑著痛毆殺人的神經警長勞．福特一樣。

當然了，大衛比勞．福特可愛多了。所以才會這麼令人搖頭。

傑克．凱琛是一位天生的小說家，他對黑暗人性的瞭解，也許只有法蘭克．諾里斯與麥爾坎．勞瑞（Malcolm Lowry）能夠匹敵。凱琛善於為讀者創造緊張懸疑，令人欲罷不能的小說（華納出版的《鄰家女孩》平裝封面，是一名啦啦隊員的骷髏，跟書中內容毫不相干；看起來反而像是安德魯絲（V.C. Andrews）的恐怖浪漫作品，或史坦恩（R.L. Stine）的青少年恐怖小說）。凱琛是懸疑高手，小說也非常好看，卻遭到封面和呈現方式的嚴重扭曲，就如同吉米．湯普森的小說封面一樣，無法如實展現作品內容。《鄰家女孩》的生動，不是安德魯絲的作品所能比擬，大多數的大眾小說都達不到這樣的境界；這部作品不僅保證恐怖，它是眞的令人毛骨悚然，卻又讓人放不下手；眞正是欲罷不能。讀者害怕讀下去，卻又忍不住要看。凱琛在主題上的企圖心雖然低調，卻十分宏大；然而他的企圖心並未妨礙小說家的主要工作——以優雅或邪惡的手段去誘騙讀者。凱琛的手段大都是邪惡的……可是天哪，那手段可眞誘人啊。

《鄰家女孩》遠遠勝過愚蠢感傷的《香杉市慢步華爾滋》（Slow Waltz in Cedar Bend），或不痛不癢、詭計連連的《造雨人》（The Rainmaker），只看《紐約時報》暢銷排行書籍的讀者，很難認識凱琛。不過我覺得，少了凱琛，我們的文學經驗會變得較為貧乏。他是個貨眞價實的標竿，一名優秀的作家，少數在「精英作家圈」外眞正具有分量的人。吉米．湯普森的作品，在許多同儕精英作家的作品絕版、被遺忘後，依然不斷再版與被閱。同樣的情形，必然會發生在傑克．凱堔身上……只是我希望他能像湯普森一樣，在死前便享受成果。像《鄰家女孩》這種勢必會引起注意與評論的作品，可將他往成功推進一步。

一九九五年六月二十四日

於緬因州，邦格

告訴我啊勇敢的船長
惡人爲何如此強勢？
天使如何忍心安睡
任魔鬼挑燈夜戰？

——湯姆．威茲（Tom Waits）

我從來不想聽到別人夢裡的少女尖叫。

——特別人物合唱團（The Specials）

背負罪惡的靈魂，無法逃逸。

——艾利思．默多克（Iris Murdoch），《獨角獸》（The Unicorn）

第一部

第一章

你自認瞭解痛嗎？

去跟我的第二任老婆說吧，她懂，或者說她自以爲懂。

她說她在十九或二十歲時，有次夾在兩隻互鬥的貓兒中間——她家的貓和鄰居的貓——結果遭其中一隻攻擊，把她當樹爬，在她的大腿、胸口和肚子上，抓出到今天還清晰可見的深痕，她嚇壞了，重重跌在她媽媽的古董櫃上，把她最好的瓷派盤打破了。貓兒張牙舞爪、毛髮倒豎地向她再次撲來，又從她肋骨上刮下六吋皮。記得她好像說縫了三十六針吧，而且還發燒好幾天。

我第二任老婆說那才叫痛。

那女人懂個屁。

我的第一任老婆艾薇琳也許比較懂吧。

她有個忘不掉的景象。

一個懊熱的夏天早晨，她開著租來的富豪汽車跑在雨滑的高速路上，旁邊是她情人。她知道燙熱的路面剛下過雨十分溼滑，因此小心地慢慢開著，結果一輛福斯超車後，拐進她的車道，掛著「不自由吾寧死」牌子的擋泥板滑過來，擦中富豪的防撞桿，接著車子就失控了。富豪開始打轉，偏斜，滑過路堤，她和她情人突然在空中翻飛，像是無重力旋轉，頭上腳下，然後又頭下腳上。不知何時，她的肩膀被方向盤擊斷了，照後鏡刺破她的手腕。

後來車子不再打滾，油門就在她頭頂上。艾薇琳尋找男友的身影，可是他已經不在車裡；他像變魔術一樣地不見了。艾薇琳找到駕駛座旁的車門，打開爬出車，來到外邊的溼草地上。她站起來望過雨幕，看到了令她終生揮之不去的景象——有個人像去了皮的活血袋，躺在車子前方、滿地染著血的碎玻璃裡。

那血袋就是她的情人。

所以說，她比較懂，雖然她把記憶封藏起來，雖然她夜裡還是能夠入眠。她知道，痛，並不只是受到侵略的肉體在抱怨疼痛而已。

痛可以由外而內。

我的意思是，有的時候，你「看到」疼痛。看到那種最殘酷、最純粹的痛的形式，沒有藥物、睡眠，甚至震驚或昏迷來幫你減緩的痛。

你看到了，記住了，那痛就變成你的了。

你被一隻白色的長蟲寄生了，蟲子在你的內臟裡慢慢啃食茁壯，最後有天早上你開始咳嗽，蟲子便像第二根舌頭似地，從你嘴巴裡鑽上來了。

不，我的老婆們其實不懂，不全然懂，雖然艾薇琳比較接近一點。

可是我懂。

你們就信我吧。

我已經那樣很久了。

這些事發生時，我們都還只是小孩，而且是稚氣未脫的小鬼。你很難相信現在的我，就是當年的我。我現在躲起來了，而且掩飾得很好。小孩子都有第二次機會，我覺得自己就是在改過自新。

只是經歷兩次風風雨雨的離婚後，那蟲子又啃噬了起來。

我總愛認爲是五〇年代的關係，那個奇怪、壓抑、神祕兮兮又歇斯底里的年代。我想到麥卡錫❶，雖然我不記得那時曾把他放在心上，只是奇怪老爸幹嘛每天下班就匆匆趕回家，看電視播報的聽證會。我想到了冷戰，學校地下室的防空演習，以及我們觀賞的原子彈測試影片——百貨公司的人體模特兒爆開來，飛過仿製的客廳、碎片四燃。想到用蠟紙包妥，藏在小溪後，過一陣子就發霉到你不敢去碰的《花花公子》和《男人行》雜誌。想到十歲時，搖滾樂在派拉蒙公司的艾倫．菲德秀造成轟動時，路德教會的戴茲神父把貓王罵到一文不名。

我告訴自己怪事發生了，美國就要出大事了，到處都在出事，不只是蘿絲家裡而已，遍

❶註：Joe McCarthy，美國參議員，白色恐怖主導者。

地都是。

有時那樣去想，事情就會變得比較容易了。

我們所做的那件事。

我今年四十一歲，生於一九四六年，美國在廣島投下原子彈後十七個月出生。

法國畫家馬蒂斯剛滿八十。

我年薪十五萬美元，在華爾街證券交易所工作，結過兩次婚，沒有小孩，家住萊伊，在紐約市裡還有一間公司分配的公寓。我到哪兒幾乎都坐禮車，不過在萊伊則開藍色賓士。

我大概又要結婚了，我所愛的女人對我現在所寫的東西毫不知情——我前任兩名妻子也是——我也許永遠不會跟她說吧。何必去提呢？我事業有成，為人溫和慷慨，是個體貼細心的情人。

自從一九五八年夏天，蘿絲、唐尼、威利，和我們其他所有人遇見瑪姬．羅林和她妹妹蘇珊之後，我的日子就全走樣了。

第二章

我獨自在小溪邊，手裡拿著錫罐，肚皮貼著巨石撈小龍蝦。我旁邊一個更大的罐子裡已經有兩隻小的了，我正在找它們的媽媽。

小溪在我兩側湍流，飛沫濺著我晃在水面上的光腳丫。溪水冰涼，陽光暖熱。

我聽到樹叢裡有聲音，便抬起頭，看到築堤上有個我這輩子見過最美的女孩，正在對我微笑。

她有雙修長曬黑的腿，長髮綁成馬尾，穿著短褲和淡色開領襯衫。我那時十二歲半，女孩的年紀稍大。

記得我對她回笑，雖然我很少對陌生人表示友善。

「小龍蝦。」我倒掉錫罐裡的水說。

「眞的嗎？」

我點點頭。

「大隻的嗎？」

「小的，不過可以找到大隻的。」

「我能看看嗎？」

她沒先坐下，反而像個男生一樣左手一撐，從三呎高的堤上一躍而下，跳到第一顆過河的大石。女孩研判了一下，然後踏過一排石頭，來到巨石邊。我滿詫異的，因爲她沒有猶豫，且平衡感零缺點。我騰出空位給她，身邊突然飄來一股清新的香氣。

女孩的眼睛是綠的，她四下看了看。

當時，我們所有人都覺得巨石很特別，石頭踞立在小溪中央最深處，清澈湍急的溪水繞著它流竄。石上可以坐下四個小孩，或站上六個。那是我們的海盜船，是尼莫船長的鸚鵡螺號❷，也是探險家的獨木舟。今天水深大概三呎半，女孩在石頭上似乎很開心，一點也不害怕。

「我們叫這顆石頭巨石。」我說，「以前都那樣叫啦，我是說，以前我們還小的時候。」

「很不錯啊，」她說，「我可以看看小龍蝦嗎？我是瑪姬。」

「我叫大衛。沒問題。」

她低頭看著罐頭裡，時間過去了，我們什麼都沒說，瑪姬仔細看著小龍蝦，然後再次挺直身體。

「有意思。」

「我只是抓來觀賞一下，然後就要放走了。」

「它們會咬人嗎？」

「大隻的會，但傷不了人，小的就只會逃而已。」

「它們看起來很像龍蝦。」

「妳以前都沒看過小龍蝦嗎？」

「我不覺得在紐約市裡會有。」她大聲笑說，但我並不介意，「不過我們有龍蝦，它們可是會咬人的。」

「能養嗎？我是說，沒人把大龍蝦當作寵物養或什麼的，對吧？」

她再次哈哈大笑，「不行，龍蝦是拿來吃的。」

「小龍蝦也不能養，它們會死掉，頂多活個一兩天，不過聽說也有人拿來吃。」

「眞的嗎？」

「嗯。有些人會吃，好像路易斯安那或佛羅里達那邊的人就會。」

我們看著罐子裡。

「是嗎？」她微笑道，「看起來好像沒什麼肉。」

「咱們去抓幾隻大的。」

我們俯臥在巨石上，我拿起罐頭，將兩手滑入溪裡。要訣是慢慢一次翻開一顆石頭，免得把水弄濁，然後拿好罐子守株待兔，以便逮到任何從石底下溜出來的東西。水很深，我把短袖一路捲到肩上。瑪姬一定覺得我的臂膀又長又瘦，因爲我自己便這樣覺得。

老實說，在她身邊，我覺得怪怪的，不太自在，卻又很興奮。她跟我認識的女生不一樣，跟附近的黛妮絲或雪莉，甚至是學校裡的女孩都不同。她至少比她們漂亮一百倍，就我

❷註：取自法國作家凡爾納（Jules Verne）的《海底兩萬里》。

覺得，她比女星娜塔莉．伍德還美，或許也比我認識的女生都聰明、有氣質。畢竟人家是住紐約市的，而且還吃過龍蝦。她的動作帥氣得跟男生一樣，身體健美，還有一種優雅。

這一切令我緊張萬分，害我抓丟了第一隻。那小龍蝦不算太大，但比我們手邊的大。小龍蝦匆匆躲回巨石底下了。

瑪姬問她能不能試一試，我把罐子遞給她。

「紐約市呀？」

「沒錯。」

她捲起袖子，把手探進水裡，就在這時，我注意到她的疤了。

「媽呀，那是什麼？」

疤痕從她左手肘內側，像條扭動的粉紅色長蟲，伸至她手腕上。她發現我在盯著。

「意外造成的，」她說，「當時我們在車裡。」說完又回頭望著水裡，她的倒影在水面搖搖晃晃。

「媽呀。」

瑪姬似乎不願多談。

「還有別的傷嗎？」

我不知道爲什麼男生對疤痕那麼感興趣，但男生就是這樣，與生俱來的。我實在忍不住，沒法閉嘴不談，雖然我們剛認識，我也知道她希望我住嘴。我看著她把一顆石頭翻過來，底下啥都沒有，不過她的動作很利落，沒把水弄濁。我覺得她很酷。

瑪姬聳聳肩。

「不多，但那是最糟的。」

「我可以看嗎？」

「不行，別鬧了。」

她大笑說，然後意有所指地看著我，我就瞭了，我真的乖乖住嘴了一會兒。

瑪姬翻開另一顆石頭，沒東西。

「我猜很嚴重吧？那場車禍？」

她壓根沒回答，我不怪她。我一說完便知道自己的問題很蠢，很不恰當，又超沒神經。

我紅著臉，幸好她沒在看。

接著瑪姬抓到一隻了。

石頭一翻，小龍蝦便往後退，進入罐子裡，瑪姬只需把罐子撈上來就行了。

她倒掉一些水，將罐子斜向陽光，你可以看到它們漂亮的黃金色。小龍蝦抬起尾巴，揮動兩隻鉗夾，在罐子底衝撞，想找人打架。

「妳抓到啦！」

「第一次就抓到了！」

「太棒了，真的很大隻耶。」

「咱們把它跟其他幾隻放在一起。」

她緩緩將水倒出，免得驚擾到它，或不小心倒掉了，等罐子裡只剩一吋左右的水時，再咚地把它倒進大罐子裡。罐中原有的兩隻小龍蝦，讓出一大塊地盤給它。那很好，因爲有時小龍蝦會彼此相殘，殺掉自己的同類，而這兩隻只是小傢伙而已。

過了一會兒，新來的小龍蝦冷靜下來了，我們便坐在那兒觀賞。它看來樸實麻利，凶狠而美麗，色澤鮮亮，造型一流。

我把手指伸進罐子裡逗它。

「別這樣。」

瑪姬拉住我的臂膀，那手又涼又軟。

我抽回手指。

我拿了一片箭牌口香糖給她，自己也吃一片，有一陣子，只聽得到風呼呼吹過堤上的長草，掃得溪邊樹叢簌簌有聲，以及昨夜下過雨後，奔急的水流聲，和我們嚼食口香糖的聲音。

「你會放它們回去吧？答應唷？」

「當然，我一向會放它們走。」

「很好。」

她嘆口氣，然後站起來。

「看來我得回去了，我們要去買東西，不過我想先到處看看，我的意思是，以前我們家都沒林子。謝謝你，大衛，很好玩。」

她踏著石子走到半途時，我才想到問她。

「喂！妳要回哪兒？妳要去哪裡？」
她笑了笑，「我們住在錢德勒家，蘇珊和我，蘇珊是我妹妹。」
接著我也站起來了，像被人用隱形線繩突然拉起來。
「錢德勒？是蘿絲家嗎？唐尼和威利的媽媽？」
瑪姬已越過河了，她回頭瞪著我，臉上表情陡然一變，有了戒心。
我沒再接腔。
「沒錯，我們是表親，二等表親，我算是蘿絲的甥女。」
我覺得她的語氣變得怪怪的，刻意壓平似的——彷彿有事不想讓我知道，在告訴我的同時，又想隱瞞什麼。
我有點困惑，我想她也是吧。
那是我第一次看她那麼慌張，剛才我看到疤時都沒那樣。
不過我並沒放在心上。
因爲錢德勒家就在我家隔壁。
而且蘿絲很……嗯，蘿絲人很好，雖然她幾個兒子有時滿爛的，但蘿絲人不錯。
「喂！」我說，「咱們是鄰居吔！我家就是隔壁那間咖啡色的房子。」
我看著瑪姬爬上築堤，等她到了上面，回過頭時，又已恢復剛開始在巨石上，坐在我旁邊時的開朗笑容了。
她揮揮手，「再見，大衛。」

「再見，瑪姬。」

太好了，我心想，眞棒，以後我會常看到她了。

那是我第一次有那種念頭。

現在我明白了。

那天在巨石上，我煞到自己青春時期的對象了。這個叫瑪姬．羅林，大我兩歲的陌生女孩，她有個妹妹，有份祕密，還有一頭紅色長髮。那次經驗，自然令我對自己充滿信心，甚至想到未來的種種可能——以及她的未來——而開心不已。

每當我想起那點，便對蘿絲．錢德勒感到深惡痛絕。

蘿絲，那時妳很漂亮。

我經常想起妳——不，我研究過妳，我甚至去挖掘妳的過去。有一天我把車停到妳常跟我們提的，霍華大道的辦公大樓對面。妳說以前男人都去打仗，去打那個終結一切戰爭的二次大戰時，都是妳在掌管一切——辦公室本來不能沒有妳，可「那些該死的美國大兵又大搖大擺地回來」後，妳就突然失業了。我把車停在那兒，大樓看起來很普通哪，蘿絲，看起來骯髒，陰暗且沈悶。

我還開車到妳出生的莫里斯鎮，那裡也沒什麼。當然了，我並不知道妳娘家是哪一間，但我實在看不出那裡會是妳那些已破碎的夢曾經的所在，看不出妳爸媽會用錢寵妳，供妳揮霍，自然也看不出妳日後會如此憤怒的原因。

我坐在妳先生老威利的酒吧裡——沒錯！——我找到他了，蘿絲！在佛羅里達的福特邁爾，自從他三十年前離開妳、三個可怕的小鬼和一屁股房貸後，我發現他在開酒館，店裡都是老人。他是個溫和可親的男人，早已過了盛年——我坐在那兒看著他的臉，盯著他的眼睛，我們還聊了天，我根本看不出妳口中的那位衝動、「可愛的愛爾蘭混蛋」，那個凶狠的人渣。他看起來像個老好人，酒糟鼻、啤酒肚、鬆垮垮的褲子，長得一副從沒凶過的樣子，蘿絲，從來沒有，我眞的很訝異。

好像那股狠勁生在別的地方。

所以到底是怎麼回事，蘿絲？全是謊言嗎？全是妳自己編出來的嗎？

我不會輕易放過妳的。

或者對妳來說，謊言與眞實一到了妳那兒，就都變成一樣了。

可以的話，我想試著改變那種情形，我想說出我們的小故事，從現在起，盡可能地有話直說，不被打斷。

我這是爲妳寫的呀，蘿絲，因爲我從來沒有眞的償還過妳。

這是我的支票，逾期且透支的支票。

妳拿到地獄裡去兌現吧。

第三章

第二天一大早，我就到隔壁了。

記得我有點害羞，感覺怪怪的，很不一樣，因爲去隔壁串門子，是再自然不過的事情。那是夏日的清晨，大家都這麼做，起床、吃早飯，然後走到外頭，看看四周有哪些人。通常我會先到錢德勒家晃一晃。

桂冠大道當時還是條死路——但現在已經不是了——只是一條切入西梅波南邊，一片半圓形林地的短徑，大概只有一英里長。一八〇〇年代初期，路剛開的時候，林裡還長滿高大濃密的初生林，被稱爲「暗巷」，現在那些木料都不見了，但路還是相當安靜漂亮，到處都是遮蔭，每棟房子各具風情，且相隔都很遠。

這片區塊依然只有十三棟房子，蘿絲家，我家，往上坡過去，與我們家同邊的五戶人家，以及對街的六棟房子。

除了佐恩家之外，每個家庭都有小孩，而且小孩都彼此認識，就像兄弟姊妹一樣。所以如果你想找伴，總是可以在小溪、山楂林，或某人家的院子裡找到——通常是那一年擁有最大的塑膠水池，或最大的箭靶子的那家人。

如果你想搞失蹤，也很容易，因爲林子很大。

我們自稱是「死巷黨」。

這裡向來就是個小圈子。

我們有自己的江湖規矩，自己的神祕事物和祕密。我們有自己的尊卑順序，壞了規矩就得受罰。我們已經很習慣那樣了。

可是現在街區來了新人了，一個住在蘿絲家的新人。

那感覺好怪。

尤其因爲是「她」。

尤其因爲在蘿絲家。

感覺的確非常奇怪。

洛菲蹲坐在石頭花園外，時間大概八點吧，他卻已經一身髒了，臉上、手臂和雙腿上，盡是一條條的汗跡污斑，好像跑了一整個早上，然後噗地一下跌在土地上，跌好幾次。就我對洛菲的認識，那是很有可能的。洛菲十歲了，我這輩子好像沒見過他保持乾淨超過十五分鐘，他的短褲和T恤已又乾又硬了。

「嘿，吠吠。」

除了蘿絲，沒有人喊他洛菲——大家都喊他吠吠。他若興致一來，可以叫得比羅伯森家的巴吉度犬米奇更像狗。

「嘿喲，大衛。」

吠吠正在翻石頭，看馬鈴薯甲蟲和千足蟲匆匆走避光線。可是我看得出他對蟲子沒興趣，他不斷一個接一個地翻開石頭，翻了又丟回去。吠吠旁邊放了一個利比牌的利馬豆罐子，他不停地移動罐子，邊翻石頭，邊把罐子挪到他結了痂的膝蓋旁。

「罐子裡頭是什麼？」

「夜色蟲。」他還是沒看我，只是專注地皺著眉，用他特有的神經質動作移動著，就像即將在實驗室裡找到重大發現的科學家一樣，希望你千萬別煩他，讓他繼續工作。

他又翻開一顆石頭。

「唐尼在嗎？」

「嗯。」他點點頭。

意思是唐尼在屋裡。想到要進屋，我就有點緊張，所以又跟吠吠耗了一會兒。他翻開一大粒石頭，顯然找到他要找的東西了。

原來是紅螞蟻。石頭下有一群紅螞蟻——成千上百隻的螞蟻乍然見光，全都驚惶四竄。我從來不喜歡螞蟻，以前螞蟻想爬過門廊前的台階進我家時——也不知爲什麼，這種事每年夏天都會發生——我們就煮上幾鍋開水，把水倒到它們身上。那是我老爸的點子，但我覺得很讚，拿滾水燙螞蟻最對了。

我可以聞到它們的碘酒味，再加上溼土和新割的草味。

吠吠推開石子，伸手到罐子裡抓出一隻夜色蟲，接著又是一隻，然後把蟲扔進螞蟻堆裡。

他從距離三呎的地方幹這件事，彷彿是拿蟲子的肉去轟炸螞蟻。螞蟻發現粉軟的蟲肉後，立即做出回應，蟲子開始扭動抽搐。

「噁死了，吠吠。」我說，「實在太噁了。」

「我在那邊找到一些黑色的，」他指著門廊另一邊的石頭說。「大隻的咄，我要把它們抓起來，丟到這邊的螞蟻窩，讓它們去螞蟻大戰。要不要賭哪邊會贏？」

「紅螞蟻會贏，」我說，「一向都是紅螞蟻贏。」

那是眞的，紅螞蟻很凶惡，而且這事對我來說已經不新鮮了。

「我有另一個點子，」我說，「你何不把你的手伸過去，假裝你是金剛之子或什麼的。」

他看著我，做考慮狀，然後微微一笑。

「我才不要，」他說，「那太智障了。」

我站起來，蟲子還在蠕扭。

「再見，吠吠。」我說。

我走上台階來到門廊，敲敲紗門，然後走進去。

唐尼只穿了條發皺的白色四角褲，大剌剌地躺在沙發上。唐尼只比我大三個月，但胸膛肩膀都比我壯實許多，而且最近他也步上他老弟小威利的後塵，開始長出肚腩了，看起來實在不怎麼美觀。不知瑪姬跑哪兒去了。

他從《塑膠人》裡抬起頭來看我，我已經不太看漫畫了，因爲自從五四年的漫畫規定❸

出爐後，就再也看不到像《神祕之網》那樣的漫畫了。

「你還好吧，大衛？」

蘿絲剛在燙衣服，燙衣板斜靠在角落裡，還可以聞到燙過的布香。

我四下巡視。

「很好啊。其他人咧？」

唐尼聳聳肩，「去買東西了。」

「威利去買東西？你是在開玩笑吧。」

他合上漫畫站起來，笑了笑，搔搔自己的腋窩。

「沒啦，威利跟牙醫九點有約，他有蛀牙，痛得半死。」

唐尼和小威利出生只差一個半小時，但不知怎地，小威利生了一口爛牙，唐尼就沒有。

威利老是去看牙醫。

我們哈哈大笑。

「我聽說你見過她了。」

「誰？」

唐尼看著我，我猜我騙不了人。

「噢，你表姊啊，是啊，昨天在巨石見過了，她第一次試就抓到小龍蝦了。」

唐尼點點頭，說：「她學東西很快。」

聽起來不是很熱情的讚美，可是對唐尼而言——尤其是在談女孩時——這樣已經算很尊重了。

「走吧，」他說，「你等一下，我去穿衣服，然後咱們去看看艾迪在幹嘛。」

我發出呻吟。

桂冠大道所有孩子裡，艾迪是唯一令我避之唯恐不及的。他是個瘋子。

記得有一次，我們玩棍子球玩到一半，艾迪從街上走來，打著赤膊，牙齒間咬著一大條黑色的活蛇。這個野人把蛇丟向吠吠，吠吠尖聲大叫，然後又丟向比利．柏克曼。事實上，他把蛇抓起來，丟向所有小小孩，揮著蛇追他們，直到蛇在地上摔過無數次，最後已半死不活，變得不再好玩爲止。

艾迪會給你惹麻煩。

艾迪的樂子，就是幹些危險或犯法的事，而且最好兩者兼具——在施工的房屋橫梁上行走，或拿野蘋果扔橋上的來車——然後逃之夭夭。萬一別人被逮到或受了傷也沒關係，反正好玩嘛。如果是他被逮到或受傷，也還是很好玩。

琳達和貝蒂．馬汀信誓旦旦地說，有一次她們看到艾迪把青蛙的頭咬下來，結果沒有半個人懷疑。

❸註：一九五四年，美國漫畫雜誌協會爲控制漫畫中出現的性、暴力、恐怖，以及犯罪的內容而制定的條例規定。

艾迪住我家對面街頂，住他隔壁的東尼和勞．莫里諾說，他們一天到晚聽見艾迪的老爸修理他，幾乎每個晚上都打，他媽媽和姊姊也無法幸免。我記得他媽媽是位溫和的高個頭女人，有雙鄉下人的粗手，她跟我媽在廚房裡喝咖啡哭訴，右眼又腫又黑。

我爸說，郭克先生清醒時人還滿好的，可是一喝醉就凶了。我是不清楚啦，不過艾迪倒是遺傳了他老爸的脾氣，你從來抓不準他什麼時候會拿你開刀。等他脾氣一來，也許就掄起棍子或石頭動手打人了。我們身上都有疤，我不止一次被他欺負，所以現在盡可能避他遠遠的。

不過唐尼和威利很喜歡他，跟艾迪一起混眞的很刺激，即使他們知道艾迪很瘋。跟艾迪在一起，他們也會跟著變野。

「這樣吧，」我說，「我陪你走過去，但我不要待在那邊。」

「拜託啦。」

「我還有別的事要做。」

「什麼事？」

「反正有事嘛。」

「你能幹嘛，回家聽你老媽的派瑞．柯莫唱片嗎？」

我瞪他一眼，他知道自己失言了。

我們全都是貓王的粉絲。

唐尼大聲笑著。

「隨便你吧，老弟，等我一分鐘，我馬上來。」

他回走廊進自己的房間，我突然想到，現在瑪姬和蘇珊住在這裡，他們怎麼安排寢室？我走到沙發拿起唐尼的《塑膠人》翻幾下，然後又放下來。接著我從客廳晃到餐廳，蘿絲已洗好衣服摺妥放在餐桌上了，最後我到廚房打開冰箱，裡頭跟平時一樣，擺滿可供六十人份的食物。

我對唐尼喊：「可以喝可樂嗎？」

「當然可以，順便幫我開一瓶行嗎？」

我拿出可樂，拉開右邊抽屜，拿出開瓶器，抽屜裡的銀器收放得整整齊齊。我總覺得蘿絲很怪，老是擺一大堆食物，食器卻只有五組——五根湯匙、五個叉子、五把刀、五把牛排刀，而且一根湯勺都沒有。當然了，就我所知，除了我們之外，蘿絲根本沒別的朋友。可是現在他們家有六個人耶，不知她是不是終於得再買些食具了。

我打開瓶子，唐尼走出來，我把可樂遞給他。他穿著牛仔褲、休閒鞋和緊貼著肚皮的T恤，我輕輕拍了一下他的肚子。

「最好小心點，唐尼。」我說。

「你才最好小心點，你這個死同志。」

「我是死同志？最好是啦。」

「你智障。」

「我智障？你才腦殘啦。」

「腦殘？女生才是腦殘，女生跟同志都是腦殘，你是腦殘，我是白金漢公爵❹。」說著他在我臂上捶了一下，我也回敬他一拳，兩人推打了一陣。

當年唐尼跟我算是哥兒們。

我們從後門溜進院子裡，然後走車道繞到前頭，往艾迪家前進。不走人行道是很酷的，我們走在馬路中央，喝著可樂，反正路上從來沒有車子。

「你弟弟在石頭花園裡殺蟲。」我告訴唐尼。

他回頭望向肩後，「他很可愛吧。」

「你覺得怎樣？」我問他。

「什麼怎樣？」

「跟瑪姬和她妹妹住啊。」

唐尼聳聳肩，「不知道，她們才剛到而已。」他喝了一大口可樂，打個嗝，然後笑了笑。「不過那個瑪姬長得挺正點的，對吧？媽的！竟然是我表姊！」

我不想評論，雖然我滿同意他的看法。

「不過是二等表親，你知道吧？那還是不一樣的，血緣不同，我也搞不清楚。以前我從沒見過她們。」

「從沒見過？」

「我媽說見過一次，我太小，不記得了。」

「她老妹長啥樣？」

「蘇珊嗎？不怎麼樣，只是個小鬼而已，好像才十一歲左右吧？」

「吠吠才十歲。」

「是啊，誰理吠吠啊？」

那倒是眞的。

「不過那次車禍她傷得很慘。」

「你是說蘇珊嗎？」

唐尼點點頭，指著我的腰。「是啊，我媽說，從那兒以下全斷了，每根骨頭都斷了，臀部、大腿，所有骨頭。」

「媽呀。」

「她還是走得不太順，全身都裹了石膏了，還有那個——叫什麼來的？——金屬的東東，綁在臂上的那種棍子，可以撐住並挪動身體。得了小兒痲痺的小孩用的那種，我忘了叫什麼了，就像拐杖一樣。」

「天啊，她以後能再走路嗎？」

「她現在就能走啊。」

「我是指像正常人那樣。」

❹註：Duke of Earl，六〇年代流行曲。

「不知道。」

我們把可樂幹光，也快到山頂了。我應該離開唐尼閃人了，要不就得忍受艾迪。

「他們兩個都死了。」

唐尼只說到這裡。

我當然知道他在指誰，卻一時間會意不過來，腦筋卡住了，因爲那概念太詭異了。父母不會憑空死掉。這種事不會發生在我們街區，當然更不會有車禍了，那種事只會發生在別的地方，在比桂冠大道更危險的地方，在電影或書本裡，或在新聞主播華特・康凱的播報中聽到。

桂冠大道是條死胡同，走在路中央都不會有事。

可是我知道唐尼沒說謊，我想起瑪姬不願多談車禍或傷疤的事。

我知道唐尼沒說謊，因爲這種謊很難編。

我們繼續走著，我啥都沒講，只是茫然地望著他。

我看到的是瑪姬。

那是非常特殊的一刻。

就在那時，我知道瑪姬對我而言有種無可言喻的魅力。

霎時間，不只是因爲她漂亮、聰明或擅長越溪——她幾乎變得如夢似幻起來了，就像一個我從未見過，或可能會在書店或音樂演奏會場外遇見的人，像小說裡的女英雄一樣。

我想起她在巨石邊的模樣，現在我才明白，那個躺在我身邊的女孩何其勇敢。我看到了恐懼、折磨、求存、災難。

與悲劇。

這些都發生在一瞬間。

我大概張開嘴了吧，唐尼以爲我沒聽懂他的話。

「我是指瑪姬的爸媽啦，笨蛋，他們兩個都死了。我媽說他們一定是立即死亡的，根本不知被什麼給撞上。」他哼說，「其實撞他們的是一部克萊斯勒。」

唐尼的粗魯無禮將我拉回了現實。

「我看到她臂上的疤了。」我告訴唐尼。

「是啊，我也看到了。很整齊的傷口，對吧？不過你應該看看蘇珊的，全身都是疤，噁心死了。我媽說她能活著算是好運了。」

「也許吧。」

「所以我們才會收留她們，因爲沒別的人了，她們不到我們家，就得到孤兒院。」他笑了笑，「她們運氣不錯吧？」

接著唐尼說了幾句話，我是後來才想起的。當時他說的是實情，但不知怎地，我就記住了，而且記得非常清楚。

唐尼在我們到艾迪家時，說的那些話。

我看到自己站在路中央，正要轉身下山，避開艾迪——至少我那天不想見他。

唐尼穿過草坪走向門廊時，轉頭望著肩後，對我丟下幾句話。他態度輕鬆，語氣卻極爲誠心，像在傳福音似地。

「我媽說，瑪姬運氣很好。」他說，「我媽說，她輕易地就躲掉了。」

第四章

除了偶然瞥見她外——出來倒過一次垃圾，在花園裡除草——我隔了一個半星期後，才又見到瑪姬。現在既然知道整個來龍去脈，我反而更不知如何接近她了。我從沒為誰難過過，我練習對她說話，但說什麼都不對。對一位剛痛失半數家人的人，應該說些什麼？這難題像顆難以攀爬的大石子，所以我只好避開她了。

後來我跟著家人去蘇塞克斯郡探望我姑姑，這是我們家每年的慣例，所以我有整整四天不用去傷這個腦筋，算是鬆了口氣。我之所以說「算是」，因為那時我爸媽不到兩年後就離婚了，所以那次旅程糟糕透頂——去時在車裡冷戰了三天，回程時礙著姑姑和姑丈的面，假裝歡天喜地，可是人家才不信這套，姑姑和姑丈不時互使眼色，好像在說，天啊，拜託這些人快走吧。

他們知道，大家都知道，我爸媽那時已經粉飾不了太平了。

可是一回到家，我又開始想瑪姬的事了。我不知自己何不乾脆忘掉算了，瑪姬也許不願想起雙亡的父母，不希望我多談，但我就是沒想到，我覺得自己非得說點什麼，卻偏偏吐不出象牙來。反正我一定不能讓瑪姬覺得我是混蛋就對了。

我也會想到蘇珊，幾乎兩個星期過去了，我還沒見過她。那實在有違常理，你怎麼可能住在某人隔壁，卻從沒見過她？我想到她的腿，以及唐尼說她全身那慘不忍睹的疤痕。也許她不敢出門吧，這我倒能理解，這幾天我自己也經常待在家裡，免得遇到她老姊。

不過這情況不會持續下去，因爲那時已經是六月的第一週，基瓦尼遊樂節❺的時間到了。

錯失遊樂節，等於沒過到夏天。

我們家對面半條街外，有一棟稱爲中央學校的舊校舍，學校有六間教室，我們小時候都在那兒上課，從一到五年級。他們每年都在學校操場上舉行遊樂節。自從我們大到可以自己過馬路後，我們就會跑去那邊看工人搭蓋場地。

在那近距離觀看的一個星期裡，我們是城裡最幸運的一批小鬼。

遊樂節的場地由同濟會營運——飲食攤、遊戲攤、賭輪盤等。設施均由專業巡迴遊樂公司搭設，並由巡迴演藝團員管理。對我們來說，那些人簡直太奇異了，粗壯的男男女女，邊幹活邊叼著煙，同時瞇起眼睛，抵擋朝他們的眼睛飄繞的煙氣。這些人身上盡是刺青、老繭、疤痕，還散發著油汗味。他們邊幹活，邊飆三字經、灌啤酒，而且跟我們一樣，也在地上亂吐痰。

我們愛死遊樂節，也愛死這些表演藝人了。你非愛不可。他們只用一個夏日午後，就能把我們的操場從兩個菱形的棒球場、一條柏油路和一座足球場，變成一座由帆布和輪旋的鋼鐵打造成的新城市。他們速度快捷，令人瞠目，就像一場魔幻秀，而這些魔術師笑起來都會露出金牙，二頭肌上還刺著「我愛維爾瑪」的字樣，實在酷斃了。

時間還很早，我走近時，他們還在卸貨車。

這時千萬別跟他們說話，因爲他們太忙了。等稍後他們搭設或測試機器時，就可以幫他們遞工具，甚至喝一口他們的啤酒了。當地小孩畢竟是遊樂節的衣食父母，他們希望你晚上能帶著朋友家人同來，所以向來都很友善。可是卸貨時，你只能在一邊看著，不能妨礙人家。

雀莉兒和黛妮絲已經到了，兩人靠在本壘板後的護網上，透過網洞凝望。我站到她們旁邊。

氣氛好像有點緊張，原因不難理解。才早上而已，天色卻十分陰黑，像要變天。幾年前，有一次遊樂節期間每晚都下雨，只有週四例外，碰到那種狀況，大家都不好過。舞台工作人員和表演人員都默默地板著臉工作。

雀莉兒和黛妮絲住在對門，兩人是朋友，但我覺得只是住得近罷了，彼此沒什麼共通點。雀莉兒長得高高瘦瘦，膚色較黑，幾年後或許會是個美女，但那時長手長腳，個頭比我高，且小我兩歲。她有兩個兄弟——肯尼和麥卡，麥卡只是個小鬼，有時會跟吠吠玩在一起。肯尼跟我差不多大，但低我一學年。

他們家三個小孩都很乖巧安靜，他們的父母——羅伯森夫婦根本惹不起，不過我想他們

❺註：Kiwanis Karnival，基瓦尼爲美國的一個商業團體。

也不是那種會去惹別人的人。

黛妮絲是艾迪的姊姊，完全是另一種類型。

黛妮絲急躁、神經質，幾乎跟她弟弟一樣魯莽，而且很愛嘲弄別人，彷彿整個世界就是個爛笑話，而她是這裡唯一知道笑點的人。

「是大衛吔。」她光是念出我的名字，就可以很尖酸了。我不喜歡那樣，但也不去理會，那是對付黛妮絲的辦法，她若無法激怒你，就覺得沒意思，最後就會變得比較正常。

「嗨，雀莉兒，黛妮絲，他們蓋得如何了？」

黛妮絲說：「我想那邊的應該是旋轉杯，去年那邊是擺大章魚的。」

「還是有可能是大章魚啊。」雀莉兒說。

「呃，看到那邊的台子了嗎？」她指著大片的金屬台子說，「旋轉杯有平台，等他們把杯座搬出來，你們就知道啦。」

黛妮絲說得對，杯座搬出來後，的確是旋轉杯。黛妮絲跟她老爸和老弟艾迪一樣，對機械類的東西很懂。

「他們擔心會下雨。」她說。

「他們擔心？」雀莉兒說，「我才擔心呢！」她誇張地嘆一口氣，嘆得非常誇大，我笑了。雀莉兒有種很認眞的特質，一看就知道她最愛的書是《愛麗絲夢遊仙境》，我其實滿喜歡她的。

「不會下雨啦。」黛妮絲說。

「妳怎麼知道？」

「我就是知道。」好像她說不准下似的。

「看到那邊了嗎？」她指著一輛往足球場倒推的灰白色大卡車，「我敢打賭那一定是摩天輪，他們去年跟前年都架在那邊，要不要去瞧瞧？」

「好。」我說。

我們繞過旋轉杯，以及他們正要放到碎石路上的小孩乘具，沿著橫在操場和小溪之間的鐵網，穿過一排遊樂帳篷，裡頭是玩套圈圈或扔瓶子之類的遊戲，然後來到操場上。工作人員剛打開貨車的門，塗在車門上咧嘴而笑的小丑頭，從中給切開了。員工開始拉出一根根鋼架。

看起來的確像摩天輪。

黛妮絲表示：「我爸說，去年亞特蘭大城有人掉下來，因爲他們站起來。你有沒有站起來過？」

雀莉兒皺皺眉，「當然沒有。」

黛妮絲轉頭問我。

「你一定沒站起來過吧？」

我懶得理會她的嘲諷，黛妮絲總是拚命裝出她最聰明的樣子。

「沒有，」我說，「我幹嘛要站起來？」

「因爲很好玩呀。」

黛妮絲露齒而笑，本來應該很漂亮的，因爲她有潔白的牙齒和漂亮細緻的嘴型，可惜她的笑容總是怪怪的，有種狂躁，好像她並非眞的開心，只是希望你那麼以爲而已。

而且她的笑容總是消失得極快，令人難安。

現在就是那樣。黛妮絲還講了句只有我聽得到的話：「我在想之前的『突擊』。」

她瞪大眼睛直直看著我，一臉認眞，好像還有後續的重點要講。我等著，心想她大概在等我回答。我沒接腔，只是轉過頭去看卡車。

突擊，天啊。

我不願多想突擊的事，可是只要黛妮絲和其他人在，就不得不想。

事情始於去年初夏。我們一群人——我、唐尼、威利、吠吠、艾迪、東尼和勞・莫里諾，還有最後的黛妮絲——常常聚在蘋果園後，一起玩所謂的「突擊隊」遊戲，因爲太常玩了，不久就只簡稱爲「突擊」。

我不知道是誰的點子，也許是艾迪或莫里諾兄弟，反正有一天就變成這樣，爾後便一直這麼叫了。

突擊時，有一個人當「鬼」，也就是突擊隊。鬼的「安全」地帶在果園，其他人則是在小溪附近山丘上野營的阿兵哥，以前我們更小時，會在那邊玩山大王。

我們是一群沒有武器的散兵，大概是在某次戰役裡把武器弄丟了吧，有武器的人反而是突擊隊；武器是從果園弄來的蘋果，盡量能帶多少就帶多少。

理論上，突擊隊有突襲的特權。等他做好準備後，就會從果園偷偷溜過來，穿過樹叢，突襲我們的營地。運氣好的話，鬼在曝光前，會用蘋果打中其中一人。蘋果就是炸彈，被炸到的人就死掉淘汰出局。所以鬼的目標是在被逮前，盡量多宰掉一些人。

鬼一定會被抓。

重點就在這兒。

突擊隊從來贏不了。

其中一個原因是，其他人都坐在一大片山丘上盯著你，等著你。除非草長過肩，你的運氣又好到不行，否則一定會被看見，根本無所謂突襲可言。其二，我們是七對一，鬼只有在幾碼外的果園裡才是「安全」的。所以鬼會一邊拚命往後頭扔炸彈，一邊瘋狂朝自己的本營逃逸，後面一群人像狗兒緊追，也許你能擊中其中一兩個或三個人，但最終會被制服。

就像我說的，那才是重點。

因爲被捕的突擊隊會給綁到林子裡的樹上，兩手反綑背後，雙腿套住。嘴巴塞住，眼睛蒙著。

沒被淘汰的人，想對他幹嘛都行，其他人——甚至是「死掉」的人——則在一旁觀看。

有時我們會手下留情，有時則不然。

突襲的過程只有半小時。

抓到人後的折磨可能耗上一整天。

那實在滿恐怖的。

大家當然都不敢惹艾迪，我們都不太敢抓他，因爲他會違規，回過頭來對付你，然後就變得很血腥暴力了。萬一眞的抓到他，該怎麼放他走，也是很令人頭痛。假如你做了什麼惹他不高興的事，等於放走了一窩馬蜂。

介紹他老姊加入的就是艾迪。

黛妮絲參加後，遊戲狀況便完全改觀了。

一開始還像以往般，大夥一樣輪流當鬼，只不過多了個女生。

可是後來我們開始假裝禮遇女生，隨便她想當阿兵哥或突擊隊都行，沒讓她跟我們一起輪，因爲她是新來的，因爲她是女生。

黛妮絲也開始假裝執意在被抓前，宰掉我們所有人，好像那是一種挑戰，每天她都說她終於要贏了。

我們知道那是不可能的，因爲黛妮絲的擊中率超差。

黛妮絲玩突擊從來沒贏過。

蕾妮絲十二歲了，有著捲捲的紅棕色頭髮，臉上長滿雀斑。

她已經長點胸部了，還有突起的淡粉乳頭。

我滿腦子想的都是那些，眼睛死盯著卡車、工作人員和鋼架。

可是黛妮絲還是不肯善罷干休。

「夏天了吔，」她說，「我們怎麼都不玩突擊？」

她明知道我們爲什麼不玩，不過有一點她倒說對了——我們不再玩突擊，實在是因爲天氣變得太冷，當然還要加上罪惡感的關係。

「現在玩突擊有點嫌老了吧。」我在說謊。

她聳聳肩，「嗯，也許吧，也許是因爲你們男生沒膽。」

「可能吧，不過我有個點子。妳何不去問妳老弟，看他是不是膽小鬼。」

黛妮絲哈哈大笑，「是喲，當然。」

天空變得更暗了。

「快下雨了。」雀莉兒說。

工作人員也那麼認爲，他們把鋼架跟防水布一起拖出來攤在草地上，以防萬一。他們動作很快，努力在下大雨前把摩天輪架好。我認出其中一名去年夏天也在、瘦長結實的金髮南方人，名叫比利．鮑伯或吉米．鮑伯之類的，當時艾迪跟他要煙，他就給艾迪了，令人難忘。男人正用大錘子敲擊輪子的零件，他被一旁的胖子逗得哈哈大笑，笑聲又高又尖，聽起來很娘。

你可以聽到錘子咚咚敲響，以及身後卡車轟轟的引擎聲，還可聽到發電機和機器的運轉——接著雨水突然開始斷斷續續，重重落在乾硬的地面上了。「雨來啦！」

我把襯衫從牛仔褲裡拉出來罩到頭上，雀莉兒和黛妮絲已經往樹林邊衝過去了。

我家比她們的近，我並不在意淋雨，但那是暫時離開的好藉口，離開黛妮絲。

我實在無法相信她竟然想談突擊的事。

驟雨應該不會持續太久，因爲來得太急太大，也許等雨過後，其他孩子就會聚過來，到時候我就可以甩掉她了。

我從擠在樹下的她們旁邊跑過去。

「我回去了！」我說。黛妮絲的頭髮貼在臉頰及額頭上，她又笑了，襯衫都快溼透了。

我看到雀莉兒向我伸出手，用瘦長的溼臂晃了晃。

「我們能去你家嗎？」她大聲喊，我裝作沒聽見。雨點重重擊在樹葉上，我想雀莉兒不會有事，便繼續往前跑。

我心想，黛妮絲和艾迪眞是一對寶貝姊弟。

如果有人會讓我惹麻煩，一定是他們，不是做姊姊的，就是做弟弟的，或兩人一起，不會有別人了。

我衝過蘿絲家時，她正站在樓梯平台上，往信箱裡取信。蘿絲在門口轉身朝我微笑揮手，雨水像小瀑布似地從屋簷灑落。

第五章

我從來不清楚蘿絲和我媽之間到底有何過節，不過在我八、九歲時，她們倆便有心結了。

在那之前，遠在瑪姬和蘇珊還沒搬過來之前，我常去跟唐尼、威利和吠吠一起過夜，睡他們房裡的雙層床。威利有個壞習慣，晚上上床都用跳的，數年來已跳壞好幾個雙層床了。威利一向橫衝直撞，蘿絲說，威利兩三歲時，把嬰兒床整個撞毀了，廚房的椅子也被他弄得搖搖欲墜。不過他們現在寢室的雙層床很堅固，所以才能幸免於難。

自從蘿絲和我媽不對盤後，我就只能久久去一次了。

記得小時那些共度的夜晚，我們在黑暗中嘻鬧地玩上一兩個小時，竊竊私語，咯咯發笑，朝睡在下層的人吐口水，直到蘿絲進來開罵才肯睡。

我最喜歡的夜晚就是遊樂節之夜。面對操場的寢室窗戶，一開窗便能聽到風琴聲、尖叫和機器隆隆的轉動聲。

天空橘紅，在豔紅與藍的色塊襯托下，宛如燎原的森林大火。大章魚在視線外的樹林後方旋繞。

我們知道外頭有什麼——畢竟我們剛剛從那邊回來，兩手都還是黏呼呼的棉花糖。可是這樣靜靜躺著聆聽，不肯睡覺，非常有神祕感。我們羨慕大人和青少年，想像那些因爲我們太小，還不能尖叫著搭坐的機器有多麼恐怖刺激。就這麼一直想到鬧聲與燈光逐漸淡去，被準備上車回家，在街區走動的陌生笑聲取代爲止。

我發誓長大後，一定要當最後一個離開的人。

現在我獨自站在點心攤前，啃著今晚的第三條熱狗，躊躇著接下來要幹什麼。

我已經把所有喜歡的設施都玩過了，我的錢全輸在遊戲和賭盤上了，現在口袋裡只剩下要送我媽的一小隻瓷貴賓狗可資證明。

我吃過糖霜蘋果、水果冰和披薩。

我跟肯尼、麥卡一直玩到麥卡在轟炸機上坐到想吐，然後又跟東尼和勞．莫里諾，以及琳達和貝蒂．馬汀玩到他們回家。是很好玩啦，可是現在只剩下我一個人了，時間十點鐘。

還有兩個鐘頭。

我稍早時看到吠吠，但唐尼和小威利還沒來，蘿絲、瑪姬或蘇珊也沒出現。滿奇怪的，因爲蘿絲向來很愛遊樂節。我本想過街看看怎麼回事，但那等於承認自己很無聊，我還不打算那麼做。

我決定再多等一會兒。

十分鐘過後，瑪姬到了。

我正在賭運氣，押紅色七號，並打算再吃第二顆糖霜蘋果，這時我看到瑪姬獨自從人群中慢慢走過來了。她穿著牛仔褲和一件亮綠色的上衣——我突然不再害羞了，連我自己都嚇一跳，也許那時我已經做好任何準備了。我等自己又押輸後才走過去。

感覺上我好像打擾到她了。

瑪姬正興奮地抬頭看著摩天輪，用手指將一束長長的紅髮撥到後頭，頭髮垂向她側邊時，我看到瑪姬手上有個東西閃了一下。

摩天輪轉得滿快的，頂端的女孩子正在大叫。

「嗨，瑪姬。」我說。

她看看我，笑了笑說：「嗨，大衛。」然後又回去看摩天輪。

你可以從她張望的樣子，看出她從沒坐過。我眞懷疑她過的是哪種日子？

「很不賴吧？這比大部分的摩天輪都快。」

她又看著我，一臉的興奮。「是嗎？」

「是呀，反正比遊樂地的那一座快，也比伯特倫島的快。」

「好漂亮啊。」

我頗有同感，我一向喜歡摩天輪的悠遊自在，以及其他刺激的遊樂設施所欠缺的單純目的與設計。這話我當時說不出來，但我一向認爲摩天輪很優雅、很浪漫。

「要不要試試看？」

我聽到自己迫不及待地說。眞想死啊，我到底在幹嘛？瑪姬比我大吔，說不定大了三歲，我眞是瘋了。

我打算放棄。

她大概不懂我在幹嘛。

「我是說，妳若是想坐，又不太敢的話，我可以陪妳，我不介意。」

她揚聲大笑，我覺得喉頭上的刀尖移開了。

「走吧。」她說。

她拉起我的手帶我過去。

我愣愣地買了票，兩人踏進包廂裡坐下。我只記得她的手，在夜裡的涼風中感覺溫暖而乾爽，她的手指細長有力，我羞紅了臉，想到自己是個十二歲的男生，跟一名幾乎是成熟女人的女生，一起搭摩天輪。

接著老問題來了，在包廂升往頂端，等待載滿其餘客人時，該聊些什麼？我的解決辦法是什麼都不說，瑪姬似乎無所謂，絲毫沒有不自在，只是閒閒地坐在頂端，俯望底下的人們、遊樂節的串串燈光，以及我們在樹林後邊的住家。她淺笑盈盈，輕輕來回晃動車廂，並哼著一首我不知道的曲子。

接著輪子開始轉動了，瑪姬朗聲大笑，我覺得那是我聽過最開心最好聽的笑聲，我因邀她同遊，讓她如此快樂歡笑，而非常自豪。

就像我說的，輪子轉得很快，頂處幾乎一片死寂，所有遊樂節的鬧聲都被拋在底下，彷彿被遮蓋住了，接著你俯衝而入，然後又從中轉出來，迅速遠離鬧聲，到了頂端，彷彿無重力似地飄浮在涼風中，讓人忍不住緊抓住橫桿，以免飄飛出去。

我垂眼看她握住橫桿的手，就在那時，我看到戒指了。月光下，細細的戒指閃著微光。我誇張地欣賞著風景，其實主要是在享受她的笑顏、興奮的眼神，以及她胸口上，隨風鼓浪的衣衫。

接著遊程來到最精彩處，輪子轉得更快了，摩天輪用最優美暢快的方式自空中劃過，我看著她美麗開朗的容顏，倏然掠過滿天星斗、幽暗的校舍，然後又劃過遊樂節淡棕色的帳篷。她的秀髮在後飄揚，接著隨著我們再度升高，又向前盪過她的粉頰，我突然可以體會她最難過的那兩三年，我覺得好諷刺，好沈重，簡直就是詛咒，我覺得太不公平了。我可以帶她坐摩天輪，但也只能這樣而已，太不公平了。

那感覺一閃即逝，等輪子轉完，我們等在頂處時，看到她那麼開心活潑，我心中只剩下愉悅的感覺了。

現在我能說話了。

「妳喜歡嗎？」

「天哪，我愛死了！我一直讓你招待吔，大衛。」

「我實在很難相信妳竟然沒搭過摩天輪。」

「我爸媽……我知道他們一直都想帶我們去遊樂場玩，只是我們一直沒去成。」

「我都……都聽說了。我很遺憾。」

說了，我終於說出來了。

她點點頭。「你知道嗎？最糟的是想他們時，卻知道他們回不來了。有時我會忘記，以爲他們去度假或之類的，然後才想到，天啊，我眞希望他們能打電話來。我會很想他們，忘記他們眞的死了。忘記過去那六個月眞的發生過。很怪對不對？很瘋狂對不對？然後回過神……又回到現實裡了。

「我常夢見他們，夢裡他們總是活著，我們都好快樂。」

我看到她淚光泛漾，她笑了笑，甩甩頭。

「不說了。」她表示。

此時我們已經往下移降了，前方只剩五六個車廂，我看到下一批遊客等著上來。我望著扶桿下，再次注意到瑪姬的戒指，她看到我在望著。

「這是我媽的婚戒，」她說，「蘿絲不喜歡我這麼常戴，可是我媽應該會喜歡。我絕不會把它弄丟，絕對不會。」

「很好看，很漂亮。」

她笑了，「比我的傷疤漂亮嗎？」

我臉紅了，不過沒關係，她只是在開我玩笑。「漂亮多啦。」

輪子再次往下移動，只剩兩個車廂了，時間像夢般流逝，即便如此，對我而言還是太過匆匆。我很不想結束。

「妳還喜歡嗎？」我問，「住在錢德勒家？」

她聳聳肩，「我想還好吧，不過不像在自己家，不像以前那樣，而且蘿絲有點……有時有點奇怪，不過我想她是好意。」她頓了一下說，「呔呔有點古怪。」

「那倒是眞的。」

我們大笑，不過她對蘿絲的評語令我不解。我想起第一天在小溪時，她語氣中的保留與冷漠。

「再看看吧。」她說，「我想適應是需要時間的，對吧。」

我們已經來到下頭了，工作人員拉起橫桿，用腳將車廂穩住，我幾乎沒注意到他。我們踏出車廂外。

「告訴你一件我不喜歡的事吧。」她說。

她用幾近呢喃的聲音說，好像怕有人聽見，跟別人打小報告——好像我們是心腹同儕與共犯。

我很喜歡那種感覺，我挨了過去。

「什麼？」我問。

「那間地下室，」她說，「我一點都不喜歡那間防空室。」

第六章

我懂她的意思。

以前老威利．錢德勒手很巧。

手巧且有點偏執。

因此我猜，赫魯雪夫❻對聯合國說：「我們將埋葬你們」時，老威利一定回罵放你媽的屁之類的話，然後在地下室爲自己蓋了間防空室。

那是一間室中室，寬八英尺，長十英尺，高六英尺，完全按政府的規格蓋成。從他們家廚房往下走，穿過堆在階梯下的油漆罐和水槽，然後經過洗衣機和烘乾機，轉過角落，再穿過一道帶門的沈重金屬門——原本是肉櫃的門——便進入一間陰暗而帶霉味的水泥室了，裡面至少比其他地方冷十度。

防空室裡沒有插頭，也沒有照明設備。

老威利在廚房地板底下釘了梁架，用粗木支撐。他用沙袋堵住屋外唯一的窗子，並在裡面覆上半吋寬的粗鐵柵，他裝了必備的滅火器、電池用收音機、斧頭、鐵橇、電池用提燈、急救箱和瓶裝水。成箱的罐頭疊在一小張沈重的手工木桌上，旁邊有一個小爐具、旅行用鬧鐘和一架打氣筒，用來幫捲在角落裡的床墊充氣。

「那倒是真的。」

這些都是用一個牛奶工的薪水購置蓋成的。

老威利甚至還擺了一把鶴嘴鋤和鏟子，以便爆炸後能掘出去。

老威利省略了政府的一項建議——化學馬桶。

因爲太貴了，而且他在蓋馬桶之前便走了。

防空室現在看來非常破爛——食物被蘿絲拿去了，掛在牆上的滅火器掉下來了，收音機和提燈裡的電池沒電了，而且三年來缺乏維護，東西都變得很髒。防空室會讓蘿絲想到老威利，所以她根本懶得去清理。

我們有時會在那兒玩，但並不常去。

那裡挺恐怖的。

彷彿蓋了間牢房——不是防護用的避難室，而是囚禁某種東西的黑穴。

也許是因爲防空室位處正中央的關係吧。你在下面喝可樂，一邊跟洗衣服的蘿絲聊著，然後回頭一望，就看到這堵邪氣十足的水泥牆，不斷地滴著水，處處龜裂，彷彿牆壁本身就在老化、生病、死亡。

我們偶爾會進去，彼此互嚇一番。

❻註：Nikita Khrushchev，曾擔任蘇聯最高領導人。

那是防空室唯一的作用，拿來嚇唬對方，其他則一無是處。

我們並不常使用它。

第七章

「告訴你們吧，那個他媽的遊樂節，就缺個很棒的老式歌舞女郎！」

週二晚上，遊樂節的第二個夜晚，蘿絲正在看電視影集，主角崔尼．鮑第再度榮膺爲代表，城裡的壞蛋市長把勳章別到他加了皮革的襯衫上。崔尼一臉驕傲與堅毅。

蘿絲一手拿著啤酒，一手夾著煙，滿臉倦容地頹坐在壁爐邊的椅子裡，將長腿伸在腳凳上，光著腳丫子。

吠吠從地板上抬眼望著她，「歌舞女郎是什麼？」

「就是跳舞的女生呀，洛菲。缺少那個跟怪物秀。我在你這年紀時，兩樣都有，有一次還看到一個長了三隻手的人。」

小威利看看她，「少來。」他說。

可你看得出他聽進去了。

「別跟媽頂嘴，我眞的看到一個有三條胳臂的人了——其中一隻只有小小一點點，從這裡長出來。」

她抬起臂膀，指著衣服裡刮乾淨的腋窩說。

「另外兩隻是正常的，跟你的一樣。我還在同一個節目裡看到一隻雙頭牛哩，當然了，那牛已經死了。」

我們圍坐在電視機旁，吠吠坐在蘿絲旁邊的地毯上，我和威利、唐尼坐在沙發上，艾迪蹲在電視機正前方，吠吠只得在他身邊移來移去，才能看得到。

這種時候你完全不必擔心艾迪，因爲他家沒電視。艾迪超愛看電視，蘿絲大概是唯一能控制他的人。

「還有什麼？」小威利問，「妳還看到什麼別的？」

他摸摸自己頭頂的金髮，這是他的習慣，我猜威利喜歡那種感覺吧，不過我無法瞭解他怎麼會喜歡塗油滋滋的髮蠟。

「大部分都是裝在瓶子裡，死產的東西。你知道什麼叫死產吧？裝在甲醛裡，縮小了的小東西——羊啦，貓啦，各種各樣的玩意兒。那是很久以前的事了，我不記得啦，我倒記得有個男人重約五六百磅，得三個大男人才抬得動，那是我見過最肥的傢伙，嚇死人了。」

我們大笑起來，想像得用三個人抬他的情形。

我們都知道蘿絲很在意她的體重。

「告訴你們，我小時候遊樂節的陣仗可大了。」

她嘆口氣。

蘿絲露出平靜而神往的表情，就像偶爾在回憶時一樣——回憶很久以前的事，不是老威利，而是她的童年。我一向愛看她那樣，我想我們都是。她的線條會變得柔和，對一名母親而言，蘿絲算漂亮的。

「準備好了嗎？」吠吠問。今晚對他來說很重要，可以在這麼晚去遊樂節，他已經迫不及待了。

「還沒，把你的蘇打水喝掉，等我把啤酒喝完。」

蘿絲深吸一口煙，把煙吞進去，然後很快地吐出來。

我只認識另一個跟蘿絲一樣猛抽煙的人——艾迪的父親。蘿絲將啤酒罐一斜，大口喝著。

「我想知道歌舞女郎的事。」威利靠向前，佝僂著肩坐在我旁邊沙發上。

威利長大變高後，身體越來越駝了。蘿絲說，他再繼續這樣抽高駝背下去，以後就會變成六呎的鐘樓怪人了。

「是啊。」吠吠說，「那到底是什麼樣子？我不懂吔。」

蘿絲哈哈大笑，「就是跳舞的女郎啊，我跟你們講過了，你們怎麼啥都不知道？有些人還半裸咧。」

她把褪色的印花洋裝拉到大腿半高處停住，朝我們翻了翻，然後再把衣服放下來。

「裙子高到這兒，」她說，「還有細細的胸罩，就這樣而已。肚臍也許會鑲上一顆紅寶石或之類的東西，這裡跟這裡塗上深紅色的小圈圈。」她指著自己的乳頭慢慢劃圈，然後看看我們。

「很那個吧？」

我覺得臉都紅了。

吠吠眉開眼笑。

威利和唐尼緊瞅著蘿絲。

艾迪依然死盯著崔尼．鮑第。

蘿絲仰頭大笑，「不過我想基瓦尼那些老傢伙，大概不會贊助那種事吧？媽的，他們才

哈呢，哈到快死了！可是他們全都有老婆了，眞是有夠虛僞的。」

蘿絲老愛罵基瓦尼或扶輪社之類的團體。

她不是那種愛參加團體的人。

我們已經習慣了。

蘿絲喝乾啤酒，把煙弄熄。

然後站起來。

「孩子們，把飲料喝完。」她說，「咱們走了，出門了。瑪姬呢？瑪姬．羅林！」

她走進廚房，把空啤酒罐丟進垃圾桶裡。

走廊底，蘿絲的房門打開了，瑪姬走出來。我覺得她一開始好像有點戒心——也許是因

爲蘿絲大聲喊的關係吧，接著她看到我，便露出笑容。

原來他們是這樣安排的，瑪姬和蘇珊住蘿絲的舊房間，那很合理，因爲那是兩間房中較

小的一間，但那也表示，蘿絲不是睡沙發床，就是跟唐尼、吠吠和小威利一起睡。我爸媽對

那種安排，不知會說什麼。

「我要帶這些男生去遊樂節玩，妳照顧妳老妹，別亂翻冰箱，我可不希望妳因此變胖。」

「是的，阿姨。」

蘿絲轉頭對我說。

「大衛，你知道嗎？你應該去跟蘇珊打個招呼，你們從沒見過面，這樣很沒禮貌。」

「當然，OK。」

瑪姬帶頭來到走廊。

她們的門就在浴室對面左邊，男生的房間在更裡頭。我聽到門後傳來收音機輕柔的音樂，是湯米．愛德華的《這場遊戲》。瑪姬打開門，我們走進房間。

十二歲的孩子本來就沒什麼分量，甚至引不起任何注意，真的。小孩子就像蟲子、鳥兒或松鼠，或別人家亂跑的貓咪一樣——只是背景的一部分，一點也不起眼，當然了，除非是像吠吠那樣，逼得你不得不注意的小鬼。

不過我應該會注意到蘇珊。

我知道床上那個從雜誌上抬起頭看我的女孩只有九歲——瑪姬跟我說過了——但她看起來小很多。我很高興她拉上被子了，這樣我就看不見她臀部和腿上的支架了。即使不知道她受過重傷，蘇珊看來還是很弱，我注意到她的手腕和握著雜誌的細長手指。

車禍就會變成這樣嗎？我心想。

除了都有對明亮的綠眼睛外，蘇珊跟瑪姬幾乎南轅北轍。瑪姬健美活潑而精力充沛，蘇珊卻像一片影子，皮膚在桌燈下蒼白到近乎半透明。

唐尼說她每天還在吃退燒藥和抗生素，而且復元狀況並不理想，走起路來還是很痛。

我想到安徒生的小美人魚，她的腿也痛如刀割，我那本書的插圖甚至跟蘇珊神似，也有絲緞般的金色長髮，和溫柔細緻的五官，陰柔憂鬱的表情，就像一個被扔到陸地上的人。

「你就是大衛。」她說。

我點點頭，說了聲嗨。

那對綠眼打量著我，看來聰明而溫柔，這個女孩好像比九歲小，也比九歲大。

「瑪姬說你人很好。」蘇珊表示。

我笑了。

蘇珊又打量我一會兒，然後笑了一下，又低頭去讀雜誌了。收音機裡，艾倫·菲德正在播放「高雅團隊」的《小星星》。

瑪姬站在門口看著，我不知道該說什麼。

我走回走廊，其他人都在等著。

我可以感覺到蘿絲在看我，我低頭看著地毯。

「好啦，」她說，「現在你們彼此認識了。」

第二部

第八章

遊樂節過了兩晚後，我們一群人在外頭夜宿。

街區中大一點的孩子——勞．莫里諾、葛蘭．納特和哈利．葛雷——好幾年來習慣在溫暖的夏夜，帶幾個六罐裝的飲料，和從摩菲的店偷來的香煙，到小聯盟球場後樹林裡的舊水塔旁露營。

我們還太小，不能那麼做，因爲水塔在城的另一端。不過我們經常嚷嚷著羨慕他們，直到我們的爸媽終於點頭說，只要有人監護，我們也可以露營——意思是，在某人家的後院裡露營。所以我們就去露營了。

我有一頂帳篷，東尼．莫里諾的老哥不用帳篷時，他也可以拿來用，所以大夥不是到我家，就是到東尼家。

老實說，我比較喜歡在我家露營，東尼家雖然還可以——但重點是要盡量離房子遠一點，才會有離家遠走的幻覺，東尼家的院子實在不太適合。院子從一片山丘尖垂下來，後邊僅有一些矮樹和田野，而且看起來很無趣，大夥整夜只能晾在斜坡上休息。可是我家院子直伸入濃密的樹林裡，夜裡陰森恐怖，榆樹、白樺和楓樹鬼影幢幢，蟋蟀和小溪裡的蛙鳴震天，而且地面平坦，舒服多了。

雖然我們沒怎麼睡。

至少那天晚上沒有。

從黃昏起，我們就躺在那兒講低級笑話和閉嘴笑話（「媽咪，媽咪！比利剛剛吐在爐子上的鍋子裡了！」「閉嘴啦，吃你的燉肉。」），我們六人笑成一團，擠在四人份的帳篷裡——我、唐尼、威利、東尼．莫里諾、肯尼．羅伯森和艾迪。

吠吠因為又在院子裡的焚化爐燒塑膠兵，所以挨罰了——否則他一定會大聲叨念，煩到我們帶他來為止。吠吠有個壞習慣，喜歡把他的騎士和士兵掛在焚化爐的鐵網上，看他們的手腳慢慢隨垃圾燒融，你可以想像塑膠燃燒滴落，士兵捲扭變形，燃起一團團黑煙的情形。

蘿絲很討厭吠吠這樣，因為玩具很貴，而且會把她的焚化爐搞得髒兮兮的。

我們沒有啤酒，不過我們有水壺和裝滿保溫杯的甜飲，所以還算不錯。艾迪A了他老爸半包沒濾嘴的煙，我們把垂簾拉上，偶爾拿根煙傳來傳去，我們會把煙揮開，然後再打開簾布，以免我媽跑出來查看——雖然她從不會那麼做。

唐尼滾到我旁邊，你可以聽到蛋糕盒被他壓碎的聲音。

那天晚上雜貨車來時，我們全跑到街上去囤貨。

所以現在不管誰動，都會聽到東西擠壓的聲音。

唐尼講了一個笑話，「有個小鬼在學校，他是個小小孩。小鬼坐在桌邊，有位慈祥的學校老師看到他，發現他看起來很悲傷，便問怎麼回事？小孩說，哇！我沒吃早飯！可憐的孩子，老師說。嗯，別擔心，沒什麼大不了，她說，快要吃午飯了，到時你就能吃東西了，對吧？現在繼續上地理課吧。義大利的邊界在哪裡？」

「住義大利邊界的人在床上幹我娘啦，小孩說，所以我才沒吃到伊娘的早餐！」

我們哄然大笑。

「這笑話我聽過了，」艾迪說，「也許是在《花花公子》上讀到的。」

「是唷。」威利在我對邊，貼著帳篷，我可以聞到他的髮蠟味，偶爾還會聞到他噁心的口臭。「當然嘍，」他說，「你是在《花花公子》讀到的，我還上過黛博拉・派姬咧。」

艾迪聳聳肩，招惹艾迪是很危險的，可是唐尼躺在他們兩人中間，而且唐尼體重又比他多十五磅。

「我老爸有買，」艾迪說，「每個月都買，所以我從他抽屜借來看裡頭的笑話、內容，然後再放回去。他都不知道吔，壓根不曉得。」

「你最好祈禱他永遠不曉得。」東尼說。

艾迪看著他，東尼住在他家對面，我們都知道東尼曉得艾迪的父親會打他。

「最好是。」艾迪的語氣帶著警告。

東尼氣焰頓減，他只是個瘦小的義大利小鬼，可是在我們之間還是有點地位的，因爲他已經開始要長鬍子了。

「你每一期都看了嗎？」肯尼・羅伯森問，「天啊，聽說有一期是珍・曼絲菲。」

「沒有全部都看啦。」艾迪說。

他點了根煙，所以我又把布簾放下來。

「不過那期我看了。」他說。

艾迪酷酷地抽一口煙，威利從我身邊坐起來，我可以感覺到他的大肚腩軟軟地壓在我背上。他想抽煙，可是艾迪還沒把煙傳過來。

「眞的嗎？」

「眞的。」

「我從沒看過那麼海的咪咪。」他說。

「比茱莉．藍登的還大嗎？比瓊恩．威金森的呢？」

「媽的！比威利的還大啦，」他說，然後便和唐尼跟東尼笑作一堆——雖然對唐尼來說並沒那麼好笑，因爲唐尼也胖到有奶了，小小的肥團取代了原本該有的肌肉。我猜肯尼．羅伯森是不敢笑吧，而威利就在我身邊，所以我啥也沒講。

「啊哈哈，」威利說，「眞他媽的好笑，好笑到我都笑不出來了。」

「少沒風度了，」艾迪說，「你是怎樣啦？還在念三年級嗎？」

「不爽嗎？」威利說。

「去你的，白癡。」

「喂，」肯尼說，「珍．曼絲菲怎樣？你有看到她的乳頭嗎？」

「當然看到了，她身材超棒的，油嫩水滑的乳頭又小又尖，還有一對巨乳和漂亮的屁股，而且兩條腿又細細的。」

「操她的腿！」唐尼說。

「你去操腿，」艾迪說，「我來操其他部分。」

「請便！」肯尼說，「天啊，奶頭和一切！太神奇了。」

艾迪把香煙遞給他，他很快抽一口，然後又傳給唐尼。

「問題是，人家是電影明星，」肯尼說，「奇怪她爲什麼要幹那種事。」

「哪種事？」唐尼問。

「在雜誌上露奶啊。」

大夥想了想。

「嗯，她其實也不算眞的電影明星，」唐尼說，「我的意思是，娜塔莉．伍德是電影明星，但是珍．曼絲菲只是在某些電影裡露露臉而已。」

「新秀啦。」肯尼說。

「新秀個屁啦，」唐尼說，「她太老了，哪能算剛出道，朵洛絲．哈特才算新秀，你看過《情歌心聲》沒？我超愛墳場那一幕的。」

「我也是。」

「那場是跟莉莎貝．史高特演的。」威利說。

「那又怎樣？」

「我喜歡在汽水店的那一段。」肯尼說，「就是貓王唱歌並狠揍那傢伙的那場戲。」

「很屌。」艾迪說。

「眞的超屌的。」威利說。

「眞的。」

「你們要搞清楚，《花花公子》不只是一本雜誌而已。」唐尼說，「那是《花花公子》吔，我的意思是，瑪麗蓮．夢露也上過，那是史上最棒的雜誌。」

「是嗎？你覺得比《瘋狂》還棒嗎？」肯尼用懷疑的語氣問。

「媽的，當然啊，《瘋狂》只是給小孩子看的輕鬆讀物，懂了吧？」

「那《知名怪獸》呢？」東尼問。

這個很難回答了，《知名怪獸》上市不久，我們全都迷死了。

「當然了，」唐尼抽口煙，微微一笑，一副很瞭的樣子。「《知名怪獸》會露奶嗎？」

我們全笑了，這個邏輯簡直無懈可擊。

他把煙傳給艾迪，艾迪抽了最後一口，在草地上將煙捻熄，然後把煙屁股扔進林子裡。

大夥一陣沈默，沒人有話要說，各自想著心事。

接著肯尼看著唐尼。「你眞的看過嗎？」他問。

「看過什麼？」

「奶子。」

「眞的奶子嗎？」

「是啊。」

唐尼大笑，「看過艾迪的老姊啦。」

大家又是一陣哄笑，因爲所有人都見過。

「我是指女人的。」

「沒。」

「有人見過嗎？」他看看眾人。

「我媽媽。」東尼說，看得出他很害羞。

「有一次我走進浴室，她正在戴胸罩，我看了一會兒。」

「一會兒？」肯尼非常好奇。

「沒有，是一秒鐘。」

「天啊，你覺得怎樣？」

「什麼覺得怎樣？拜託好不好，那是我媽吔！你這個死變態。」

「喂，我又沒惡意。」

「好吧，算了。」

可是我們這會兒全都在想莫里諾太太了，她是個粗腰短腿的西西里島女人，鬍子比東尼還多，可是她的胸部真的滿大的。那樣去想她，有點難度，但很有趣，也有點噁。

「我看瑪姬的一定很棒。」威利說。

眾人愣了一會兒，但我想應該沒有人會再去想莫里諾太太了。

唐尼看看他老弟。

「瑪姬的？」

「是啊。」

看得出唐尼的腦子在轉，但威利似乎以爲唐尼沒聽懂，又試著去解釋。

「咱們的表姊瑪姬啊，白癡。」

唐尼只是看著他，然後說：「喂，幾點了？」

肯尼有錶，「十點四十五。」

「很好！」

唐尼突然爬出帳篷，然後站在那裡往裡頭笑看。

「走！我有個點子！」

從我家到他家，只要穿過一個院子和一排樹籬，就可以到達他家車庫後面了。錢德勒家的浴室窗口有一盞燈，廚房裡有一盞，瑪姬和蘇珊的臥房也有。這時我們已經知道唐尼在打什麼算盤了，我不確定我想那樣，但也不確定我不想。這件事夠嗆的，我們本不該離營，萬一被逮，可能就不准外宿了，連帶其他許多事也都會被禁。

但另一方面，如果我們沒被抓到，就會比在水塔邊露營更讚，比喝啤酒更爽了。一旦心態調整就緒，實在讓人忍不住想咯咯發笑。

「沒有梯子，」艾迪悄聲問，「我們怎麼辦？」

唐尼看看四下，「白樺樹，」他說。

唐尼說得對，院子左邊離屋子十五英尺的地方，有一棵高大的白樺樹，樹被冬天的暴風雪吹得歪歪斜斜，半橫在七零八落的草地半空。

「我們不能全部爬上去，」東尼說，「樹會斷掉。」

「大家輪流，一次兩個人，每次十分鐘，看誰運氣好。」

「OK，誰先上？」

「喂，那是我家的樹。」唐尼咧嘴笑道，「我跟威利先上。」

聽他那樣講，我有點不爽，我們應該是最要好的朋友，可是我想算了，威利是他弟弟。

唐尼衝過草坪，威利跟在後面。

樹叉成兩條粗壯的分枝，他們可以肩並肩地躺在樹上，把臥室瞧個清楚，浴室也一樣。不過威利不停地變換姿勢，想讓自己舒服點。你可以看出他身材有多變形，光應付自己的體重就夠笨拙的了。反之，唐尼雖胖，看來卻像天生長在樹上。

我們看著他們，同時也在房子和廚房窗口尋找蘿絲的蹤影，希望不會見到她。

「下一個換我和東尼。」艾迪說，「幾分鐘了。」

肯尼瞄了手錶一眼，「還有五分鐘。」

「媽的，」艾迪拿出一包煙，點了一根。

「喂！」肯尼低聲說，「他們可能會看見！」

「你白癡啊，」艾迪說，「用手遮住不會嗎，像這樣，不會有人看見的。」

我試圖看清唐尼和威利的臉，猜測屋內是否有任何動靜。室外能見度不高，但我想他們應該看到了。他們只是像兩顆大腫瘤似地躺在那裡。

我懷疑那棵樹還能不能恢復原狀。

之前我沒注意到有蛙鳴或蟋蟀聲，但現在卻聽見它們不斷叫響。你只能聽到蟲鳴和艾迪重重地吞雲吐霧，以及白樺樹咿咿呀呀的聲音。螢火蟲在院子裡閃滅飄飛。

「時間到了。」肯尼說。

艾迪把煙一扔，踩熄，然後夥同東尼衝到樹旁。一會兒後他們爬上樹，威利和唐尼下來走回我們身邊。

樹枝的位置變得比較高了。

「看到什麼了嗎？」我問。

「啥也沒看到。」威利竟然憤憤不平地說，彷彿沒看到，全是瑪姬的錯，被她騙了。不過話又說回來，威利向來就是個混蛋。

我看看唐尼，光線雖然不清楚，但他的表情跟望著蘿絲談歌舞女郎，以及她們穿什麼和沒穿什麼時，同樣專注熱情。彷彿他想理解，卻得不到答案，而有點沮喪。

我們一起默默站著，一會兒肯尼拍拍我的肩膀。

「時間到了。」他說。

我們跑到樹旁，我拍拍東尼的腳踝，他從樹上滑下來。

我們站在那兒等艾迪，我看著東尼，他聳聳肩，搖頭望著地面。什麼都沒見著，幾分鐘後艾迪也放棄了，從樹上滑下來站到我旁邊。

「狗屎，」他說，「去他的，去他媽的。」

然後他們就走了。

我眞不懂艾迪幹嘛也要生氣。

不過我沒多想。

我們輕而易舉地爬上樹。

到了樹頂，我突然異常興奮，開心得不得了，好想大聲笑出來。我知道會有事發生，算艾迪、唐尼和威利倒楣——看到的人會是我們，瑪姬隨時會在窗口出現，到時我們就會看到了。

我根本不覺得自己的偷窺是在背叛瑪姬，我甚至沒把她當成瑪姬，彷彿我們要找的人並不是眞的她，而是某種更抽象的東西，是一名活生生的女孩，而非雜誌裡的黑白照片。一個女人的胴體。

我終於要看到了。

重點在這點。

我們兩人就定位。

我瞄向肯尼，他正咧著嘴笑。

我突然想到，其他幾個傢伙幹嘛氣成那樣。

這很好玩哪！就連害怕都很好玩，害怕蘿絲會突然出現在門廊上，叫我們滾開。害怕瑪姬會從浴室窗口，跟我們四目相交。

我自信滿滿地等著。

浴室的燈熄了，不過沒關係，我的焦點放在寢室。我一定能在那兒看到她。

清清楚楚，一絲不掛，活色生香，一個我有點面熟的人。
我連眼睛都捨不得眨。
我可以感覺貼在樹上的下體微微酥癢。
我腦裡不斷轉著一首歌——「離開廚房，敲響鍋盆……我相信你是個穿著絲襪的魔鬼……」等等之類的。
太瘋狂了，我心想，我躺在樹上，而她在那兒。
我等著。

臥室的燈熄了。
房子霎時陷入漆黑。

我眞想摔東西。
我眞想把那房子拆了。

現在我完全瞭解其他人的感受，以及他們爲什麼如此生氣，生瑪姬的氣了——因爲你會覺得都是她的錯，好像她害我們爬到樹上，約好了又食言而肥。我明知這種感覺很不理性、很蠢，卻無法不這麼想。
賤人，我暗罵。

然後又覺得不應該，畢竟那是人家的私事。

是瑪姬的身體。

我突然覺得好沮喪。

我似乎瞭解到——雖然我不願相信，不願多想，卻還是知道。

我永遠不會走那種好運。這件事從一開始就是狗屎。

就跟艾迪說的一樣。

狗屎透了，全都是瑪姬、所有女生、所有女人害的，甚至連蘿絲和我媽媽都有份。

事情太龐雜難懂，所以我乾脆不想。

只剩下沮喪的心情和隱隱的痛。

「走吧。」我對肯尼說。他依然不可置信地盯著房子，好像以爲燈會馬上打開，可是他也知道了。肯尼看著我，明白自己看不成了。

我們大家都明白了。

眾人默默走回帳篷。

帳篷裡，小威利把水壺放下來，終於開口說。

「也許我們可以拉她玩突擊。」

大夥想了想。

那晚就這樣不了了之了。

第九章

我在院子裡努力啓動紅色的大割草機，T恤全汗溼了，因爲該死的機器比摩托艇還難發動。這時我聽到蘿絲高聲大吼，我從沒聽過她那樣叫過——眞的是大發雷霆。

「我的老天啊！」

我放下拉繩，抬眼看去。

媽發飆時會用那種聲音說話，不過除了跟老爸開戰外，那種情形並不多見。可是蘿絲生氣時，通常是針對吠吠，她只需瞪著他，抿緊嘴，把眼睛瞇成豆大，就可以讓吠吠住嘴，停止所有調皮搗蛋的動作。蘿絲的表情有夠嚇人，唐尼、威利和我以前經常模仿她，然後哄堂大笑——可是做出那種表情的人若是蘿絲，你就吃不完兜著走了。

我很高興能有藉口不必再跟割草機奮戰，便繞到車庫旁邊，看向他們家後院。

蘿絲的衣服在晾衣繩上翻飛，她手扠著腰站在門廊上，即使聽不到聲音，或聽到她在講什麼，依然看得出她怒氣沖天。

「妳怎會笨成這樣！」她說。

我眞是被她嚇死了。

當然啦，蘿絲開罵時跟水手一樣溜，那也是我們喜歡她的原因之一。她最常砲轟的對象是她老公老威利——「那個可愛的愛爾蘭混蛋」或「那隻愛爾蘭豬」——以及本市市長約翰．蘭茲，我們懷疑他追過蘿絲。

大家偶爾都會被她掃到。

問題是，蘿絲通常有口無心，不是眞的動怒，只是找個人損一損，讓大夥笑一笑罷了。那是蘿絲談論一個人的方式。

跟我們這群小鬼的方式很像，我們的朋友全是一群腦殘、人渣、豬八戒或白目，他們的媽媽吃的全是死駱駝上的蒼蠅。

但這回截然不同，蘿絲罵出口的，全發乎眞心。

眞不知道瑪姬幹了什麼好事。

我看著家中門廊上打開的後紗門，但願媽媽不在廚房裡，沒聽見蘿絲的叫罵。媽不喜歡蘿絲，所以常因爲我去錢德勒家，而被她念到臭頭。

運氣不賴，老媽不在。

我看看蘿絲，她沒再說別的了，也沒有必要，因爲她的表情已道盡一切。

我覺得怪怪的，好像又在偷窺了，兩天以來偷看了兩次。可是我也只能那麼做，我不能讓她看到我在偷窺，太尷尬了。我貼在車庫上，偷偷看著蘿絲，希望她不會朝我這邊望過來。她沒有。

不過她家的車庫擋住我的視線了，所以我看不見他們那邊到底出了什麼問題，我一直等著瑪姬出現，看她被罵成大白癡有何反應。

接著我又嚇一跳了。

因爲挨罵的人不是瑪姬。

而是蘇珊。

我猜她是想幫忙洗衣服，但昨晚下過雨，她把蘿絲的白色衣物掉到泥濘的草地上了，因爲她手上的床單還是幾個枕頭套全沾髒了。

蘇珊哭得好傷心，哭到整個身體都在發抖。她走回杵在台階上的蘿絲身邊。太可憐了——這個腿上和臂上盡是支架的小女孩，蹣跚地走著，努力在腋下挾著一小疊白色衣物。她根本不該做這件事的，我眞替她難過。

我想，蘿絲終於也覺得過意不去了。

因爲她從台階上走下來，把衣服拿了過去，然後遲疑地看著低頭望著泥地、哭到發抖的蘇珊。蘿絲怒氣漸消，最後抬起手輕輕放到蘇珊肩上，然後扭頭走回屋裡。

就在她們回到台階頂處的那一刻，蘿絲朝我的方向看了過來，我只得火速抽身，緊挨到車庫上。

不過我發誓，我還是看到了。

事實上，在事後回想時，這件事讓我還滿在意的。我很想搞清楚。

蘿絲的面容看來疲倦極了，彷彿發過一大頓脾氣後，力氣都抽乾了。也許我看到的只是一些端倪——只是冰山的一角——一件我一直不曾注意到的情形，就像漸漸加大的唱片聲一樣。

不過還有另一件事，我至今依然不解。

即便在當時，也令我猜疑不已。

就在我抽回身，在蘿絲用手搭著蘇珊的肩膀，又憔悴疲累地轉過頭時，就在她轉身的那一剎那。

我發誓她也在哭。

而我不懂的是，蘿絲究竟爲誰而哭？

第十章

接著就發生枯葉蛾的事了。

基本上是在一夜之內發生的。前一天樹林裡還乾淨且正常，第二天便掛滿一張張厚重的白網袋了。袋子底處，隱隱藏著又暗又噁的東西，若是貼近去看，便能看到蠕動的蛾蟲。

「把它們燒掉。」蘿絲說。

我們站在她家院子，靠近白樺樹的地方，吠吠、唐尼、威利、瑪姬、我和蘿絲都在。蘿絲穿著大口袋的藍色舊工作服，時間早上十點，瑪姬剛做完家事，左眼下還沾著一小片泥。

「你們男生去找些木枝來，」蘿絲說，「要長長粗粗的那種，一定要是綠枝子，這樣才不會燒起來。瑪姬，妳去地下室拿碎布袋。」

蘿絲對著晨光瞇起眼，評估受損的情形。錢德勒家的院子裡，包括白樺樹在內，有半數的樹已經長出蟲袋了，有些僅只棒球大小，有些則像購物袋般又寬又深，整片林子裡都是蟲袋。

「這些混蛋很快就會把樹都給剝光了。」

瑪姬進屋子去了，其他人則分頭到林子裡找樹枝。唐尼拿著他的短斧，我們砍了一些小樹，把樹皮剝掉劈成兩半，一會兒工夫就完成了。

等我們回來時，蘿絲和瑪姬在車庫裡將破布浸到煤油裡。我們把布纏到枝子上，然後蘿絲用曬衣繩把布綁實，再泡一次煤油。

她發給每人一根枝子。

「我先示範給你們看，」她說，「然後你們就可以自己弄了，只要別讓林子燒起來就成了。」

感覺好大人哦。

蘿絲把火炬交給我們。

我媽絕不會這麼做。

我們像一群出發尋找科學怪人的農民一樣，高舉著還未點燃的火炬，跟著蘿絲來到院子。不過我們的行爲實在不怎麼成熟——一副要去參加派對的樣子——除了瑪姬異常嚴肅認眞外，其他人都嘻嘻哈哈的。威利把吠吠的頭挾在腋下，用拳頭去揉他的平頭，這是我們跟三百磅重的摔跤明星海士達學來的，他的著名絕招是「大力飛身壓」。唐尼和我並肩走在他們後頭，像兩個拿指揮棒的鼓樂隊隊長似地，晃著我們的火把，一邊笑得跟呆子一樣。蘿絲似乎不以爲意。

等我們來到白樺樹邊，蘿絲從口袋掏出一盒安全火柴。

樹上的網袋超大的。

「這個我來處理，」蘿絲說，「你們看著。」

她點燃火把舉了一會兒，等火變小，使用起來較安全後才動手。不過火焰還是滿旺的，

「要小心，」她說，「別燒到樹。」

蘿絲將火炬放在蟲袋下大約六吋的地方。

袋子開始融化。

但沒燒起來，就像塑膠那樣融化消失、縮小，網袋又厚又多層，但融得很快。

突然之間所有那些扭來扭去的蟲體就掉出來了，肥肥黑黑的毛蟲——一隻隻冒著煙，劈啪響著。

你幾乎可以聽到它們在尖叫。

光是那個網巢，就有好幾百隻蛾蟲。一層網袋融掉後又露出另一層，裡頭的蟲子更多。它們不斷地冒出來，黑雨似地落在我們腳邊。

接著蘿絲擊中蟲子最多的母袋。

感覺就像有一團足球大小的活焦油，直接插在火把上，那團東西裂開掉了下來。

火炬劈啪作響，蟲子多不勝數，火焰一下似乎被弄熄了，接著又重新燃起，攀附在火炬上的蟲子跟著燒落。

「我咧個媽呀！」吠吠說。

蘿絲瞪他一眼。

「對不起。」吠吠說，眼睛依然瞪得斗大。

你不得不承認這很有看頭，我從沒見過這種大屠殺，門廊上的螞蟻簡直沒得比。螞蟻那麼小，微不足道，往它們身上潑滾水時，輕輕一蜷便死了。而這些蛾蟲有些長及一吋，它們扭蜷翻騰——似乎在掙扎求存。我看著到處是蟲的地面，其中大部分都死了，但也有很多還活著，那些沒死的都拚命掙扎想爬開。

「這些該怎麼辦？」我問蘿絲。

「別管它們，反正它們遲早會死，要不就是被小鳥吃掉。」蘿絲大聲笑著說，「我們在它們成熟之前就把烤爐打開啦，都還沒烤熟哩。」

「它們現在可眞是烤得焦頭爛額哩。」威利說。

「咱們拿石頭把它們砸碎！」吠吠說。

「我說話時別插嘴，別管它們了。」蘿絲再次把手伸進口袋裡。「拿去。」她把火柴分給每個人。

「記住，等你們燒完後，院子得好好的。還有，不許你們回林子裡，森林裡的事別管。」

大夥接過火柴，只有瑪姬沒拿。

「我不要。」她說。

「什麼？」

瑪姬遞回火柴。

「我……我不要，我去把衣服洗完可以嗎？這實在……有點……」

她臉色慘白地看著地上蜷曲的黑蟲，看著那些爬動的活蟲。

「有點什麼？」蘿絲說，「噁心嗎？妳怕啦，甜心？」

「不是，我只是不想……」

蘿絲哈哈大笑，「眞是的，你們幾個男生瞧瞧，」她說，「眞是的。」

她仍在微笑，但表情突然一變，嚇我一跳，令我想到前幾天跟蘇珊的情形。蘿絲似乎一整個早上都在跟瑪姬過不去，只是我們沒注意到而已。我們太忙，太興奮了。

她說：「看來，有人有婦人之仁呢。」她踏上前，「瑪姬有潔癖，你們明白女生的潔癖是怎樣嗎，各位男士？淑女會有潔癖，而我們的瑪姬就是位淑女，不是嘛！」

接著她不再嘲諷，直接把憤怒掛在臉上。

「妳他媽的以爲我在幹嘛，瑪姬？我不是淑女嗎？淑女就不能做該做的事嗎？不能除掉花園裡的爛蟲子嗎？」

瑪姬惶惑不解，因爲蘿絲的脾氣爆發得太突然了，也難怪她反應不過來。

「不是，我……」

「妳最好不是，大小姐！因爲我不需要妳這種穿T恤，連自己的臉都擦不乾淨的黃毛丫頭來對我明損暗諷，妳明白了嗎？」

「是的，夫人。」

瑪姬往後退開一步。

蘿絲似乎稍微消怒了，她深吸口氣。

「好吧，」她說，「妳去樓下，去啊，去洗衣服，洗完後再叫我，我再派別的事給妳。」

「是的，夫人。」

瑪姬轉過身，蘿絲笑了。

「我的男孩們應付得來，」她說，「對吧，各位男士？」

我點點頭，因爲說不出話，在那當口沒有人說得出話。蘿絲極具權威地打發掉瑪姬，而且還帶著一絲奇怪的正當性，令我對她敬畏莫名。

她拍拍吠吠的頭。

我瞄著瑪姬，看到她垂頭走回屋裡，一邊拭著臉，尋找蘿絲所說的污斑。

蘿絲攬住我的肩膀，然後轉向後頭的榆樹。我聞到她身上的氣味——肥皀與煤油，香煙與清新的頭髮。

「我的男孩們可以應付得來，」她對我說，聲音再次溫柔起來。

第十一章

一點以前，我們已把錢德勒家院子裡的每張蟲網都燒掉了，而且蘿絲說得對——小鳥都出籠了。

我身上都是煤油的臭味。

我餓扁了，恨不得吞幾個漢堡，不過臘腸三明治也可以啦。

回家。

到廚房清洗乾淨，然後做了一份三明治。

我聽見老媽在客廳裡邊燙衣服，邊隨著《音樂世界》原班人馬的唱片哼著。去年老爸的外遇曝光前，她跟爸搭巴士去紐約看了這場音樂劇。我只能假設那是他最後一場外遇了，老爸的外遇機會不斷，而且來者不拒。他是「鷹巢」酒吧餐廳的合夥人，從早到晚都會遇到馬子。

可是老媽此刻大概全忘了那些狗屎事了，只記得男主角及其他演員的精彩表演。

我痛恨《音樂世界》。

我把自己關在房裡一會兒，翻著那幾本破爛不堪的《恐怖》雜誌和《科學難解之事》，可是覺得沒啥想看的，所以便又決定出門。

我從後門出去，瑪姬正在錢德勒家的後門廊上，抖著客廳的小地毯。看到我，瑪姬示意要我過去。

我一時不知所措，覺得自己夾在中間。

如果蘿絲把瑪姬列在黑名單上，應該有她的理由吧。

但話又說回來，我仍記得那次搭摩天輪，以及那天早上在巨石上的事。

瑪姬小心翼翼地把毯子掛到鐵欄杆上，走下台階，跨過車道向我走來。她臉上的污痕已經不見了，但身上穿著髒掉的黃襯衫和唐尼的舊短褲，髮上沾著灰。

瑪姬拉起我的手，默默帶我走到屋旁一側，餐廳窗口看不到的地方。

「我不明白。」她說。

我看得出她有心事，一件想不通的心事。

「他們爲什麼不喜歡我，大衛？」

我沒想到她會這麼問。「誰，錢德勒家嗎？」

「對。」

她嚴肅地看著我。

「他們喜歡啦，他們喜歡妳啦。」

「不，他們不喜歡，我的意思是，我已經盡力討好他們了，做超過自己分量的工作，努力跟他們說話，去瞭解他們，也讓他們認識我，可是他們似乎就是沒有意願。好像他們就是想要討厭我，覺得那樣比較好。」

眞尷尬，她講的那些都是我的朋友。

「聽我說，我不知道蘿絲幹嘛發妳脾氣，也許她今天心情不好，可是其他人都沒生氣啊，威利、吠吠和唐尼都沒生氣。」

她搖搖頭，「你不懂，威利、吠吠和唐尼從來不生氣，問題不在他們身上。不過他們向來對我視而不見，好像當我不存在、不重要。我跟他們講話，他們咕噥幾聲就走開了，就算注意到了，也都怪怪的……很不對勁。他們看我的樣子，還有蘿絲……」

瑪姬開了頭後，便再也停不下來了。

「……蘿絲恨我！恨我和蘇珊兩人，你不懂，你以爲這只是一次偶發事件，其實不是，她隨時在討厭我們。我已經有一段時間整天都在幫她工作了，卻無法討她歡心，怎麼做都不對，沒一件事合她的意。我知道她認爲我很笨、很懶、又醜……」

「醜？」至少這點夠荒謬了。

她點點頭，「我以前從來不覺得自己醜，可是現在根本沒信心了。大衛，你從小就認識這些人了是嗎？」

「是啊。」

「那爲什麼？我到底做了什麼？晚上睡覺時，我腦子裡盡想著這件事。我們兩人以前很快樂，在搬來這裡之前，我還會畫畫。我畫得不多，只是偶爾畫點水彩，我想我應該不算畫得特別好，但我媽媽很喜歡我的畫，蘇珊也是，還有我的老師們。我身邊有顏料和畫筆，但我再也提不起勁去畫了。你知道爲什麼嗎？因爲我知道蘿絲會有什麼反應，知道她會怎麼想、會說什麼。她會看著我，讓我覺得自己很笨，讓我覺得畫圖根本是浪費時間。」

我搖搖頭，那不是我所認識的蘿絲。你可以看得出威利、吠吠和唐尼在她身邊時，舉止都很怪——畢竟她是女生。可是蘿絲一向對我們很好，不像街區其他母親。蘿絲經常陪我們，她家的門總是開著，她會請我們喝可樂、吃三明治、餅乾，偶爾喝個啤酒。沒道理呀，我告訴瑪姬說。

「不會啦，蘿絲不會那樣的，試試看，幫她畫幅水彩，她一定會愛死的。或許她只是不習慣家裡有女生，也許得花點時間。畫吧，試著幫她畫一幅。」

瑪姬考慮了一下。

「我沒辦法，」她說，「眞的。」

我們愣愣地站了一會兒，瑪姬在發抖，我知道她不是在開玩笑。

我想到一個點子。

「那麼我呢，如何？妳可以幫我畫一幅畫。」

若不是因爲我有其他的想法和計劃，絕不敢這樣要求她，但這次情況不同。

瑪姬的表情稍微開朗了些。

「你眞的想要嗎？」

「當然，非常想要。」

她定定地看著我，直到我轉開頭。接著瑪姬笑了，「好吧，大衛，我畫。」

她似乎又回復平常的自己了，天哪！我好喜歡她微笑的樣子。接著我聽到後門打開的聲音。

「瑪姬？」

是蘿絲。

「我最好走了。」她說。

她拉著我的手握了一下，我可以感覺到她母親的婚戒。我的臉都紅了。

「我會畫的。」說完，瑪姬繞過屋角，一溜煙的走了。

第十二章

瑪姬八成是立即著手去畫的，因爲第二天下了一整天雨，一直下到晚上，我坐在房裡讀《搜尋布萊蒂．墨菲》，一邊聽著收音機，直到我覺得如果再聽到義大利歌手多明尼哥．墨都尼歐唱那首《飛翔》，我就會抓狂爲止。晚飯後，媽和我坐在客廳裡看電視，瑪姬這時來敲後門了。

媽媽站起來，我跟著她走過去，順便從冰箱拿一罐百事可樂。

瑪姬面帶微笑，穿著黃色雨衣，髮尖滴著水。

「我不能進去。」她說。

「別鬧了。」我媽說。

「不行，眞的。我只是幫錢德勒太太拿這個給妳。」

她把溼掉的牛皮紙袋拿給我媽，裡面是個裝牛奶的容器。蘿絲和我媽並未眞的來往，但大家畢竟是鄰居，會互借東西。

媽接下袋子點點頭，「請幫我向錢德勒太太致謝。」她說。

「我會的。」

接著她在雨衣下掏東西，並看著我，現在她是眞的在微笑了。

「還有這是給你的。」瑪姬把畫交給我。

畫上包著厚厚的描圖紙，兩邊都用膠帶黏著。你可以看到一些線條和顏色透出來，但看不清楚形狀。

我還來不及道謝或說任何話，瑪姬已經說了一聲「再見」，揮揮手走回雨裡，把身後的門關上。

「唉喲，」媽也笑了，「這是什麼？」

「我想應該是一幅畫吧。」我說。

我站在那兒，一手拿著百事可樂，一手拎著瑪姬的畫，我知道老媽在想什麼。媽的腦袋裡一定在想，這舉動好可愛。

「你不打開看看嗎？」

「嗯，當然，好吧。」

我把可樂放下來，背向著老媽，開始拆去膠帶，然後掀開描圖紙。

我可以感覺到老媽從我背後看著，但突然間我一點也不介意了。

「好漂亮！」老媽驚呼道，「眞的很棒，她眞的很厲害吔，對不對。」

畫眞的很棒，我雖然不是藝評家，但也看得出來。瑪姬用墨水畫速描，有些線條又粗又大膽，有些則極端細膩，顏色非常淡雅——只是薄薄一層，卻又栩栩如生，加上運用了許多留白，予人一種天色晴亮的感覺。

畫中有個男孩趴在溪水邊的平坦巨石上，眼睛盯著水裡看，四周盡是樹林蒼天。

第十三章

我把畫拿到「狗狗的家」去裱框，狗狗的家原本是寵物店，後來改成模型店。他們的前窗有小獵犬、弓箭、呼拉圈、模型，後面還有一間裱框室，中間擺了魚、烏龜、蛇和金絲雀。店員看了一眼畫後說：「還不賴嘛。」

「我明天能來拿嗎？」

「你有看到我們很忙嗎？」他問。店裡空空的，十號公路上的「兩個人」連鎖鎖店把生意搶掉了大半。「你今晚就能來拿了，四點半左右回來吧。」

我四點十五就到了，早了十五分鐘，但東西已經好了，框是染成紅褐色的漂亮松木框。他用牛皮紙將畫包好。

畫剛好可以放進腳踏車兩個後籃中的其中一個裡。

等我回到家時，已經快吃晚飯了，我只先吃完燉肉、青豆和加肉汁的馬鈴薯泥，然後再把垃圾拿出去倒。

這才有空走到隔壁。

電視大聲播著我最討厭的節目《老爸最懂》，幾個人物凱西、柏弟和貝蒂又從樓上跑下來了。我聞到香腸、豆子和酸菜的味道。蘿絲坐在她的椅子上，腳跨著腳墊。唐尼和威利一起歪在沙發上，吠吠趴在電視機前，距離近到令人懷疑他聽力有問題。蘇珊坐在餐廳的直背椅上看電視，瑪姬則去洗碗了。

蘇珊對我笑了笑，唐尼揮揮手，又回頭去看電視。

「天啊，」我說，「怎麼都沒有人肯站起來啊。」

「兄弟，你手上拿的是什麼？」唐尼問。

我拿起用牛皮紙包好的畫。

「你要的馬里奧．蘭沙唱片。」

他哈哈大笑。「放屁。」

現在換蘿絲看著我了。

我決定有話直說。

廚房裡的水聲停了，我轉頭看到瑪姬在看我，同時在圍裙上擦著手。我對她笑了笑，她立刻猜到我想做什麼了。

「蘿絲？」

「什麼事？洛菲，把電視關小聲一點，可以了。怎麼了，大衛？」

我走向她，回頭看看瑪姬。瑪姬穿過飯廳朝我走來，搖著頭，嘴巴做出「不行」狀。沒關係，她只是害羞而已，蘿絲看到畫，就不會生氣了。

「蘿絲，」我說，「這是瑪姬送妳的。」

我把畫拿給她。

她先對我笑，然後衝著瑪姬笑了笑，把畫從我手上接過去。因爲吠吠已把電視關小聲了，因此可以聽見蘿絲拆掉厚紙時的沙沙聲。牛皮紙落了下來，她盯著畫看。

「瑪姬！」她說，「妳哪兒來的錢去買這個？」

看得出蘿絲很喜歡這幅畫，我笑了。

「其實只花了畫框的錢，」我說，「這是瑪姬爲妳畫的。」

「是嗎？是瑪姬畫的嗎？」

我點點頭。

唐尼、吠吠和威利全擠上來看。

蘇珊從椅子上爬下來，「好漂亮！」她說。

我又看了瑪姬一眼，她依然不安地站在餐廳裡，滿臉的期望。

蘿絲凝視畫作良久。

然後她說道，「不對，她不是爲我畫的，別開我玩笑了，人家是爲你畫的，大衛。」

蘿絲笑了，笑容有點詭異，這下子換我感到不安了。

「你看，一個趴在石頭上的男孩，當然是你嘍。」

蘿絲把畫交還給我。

「我不要。」她說。

我覺得很困惑，沒料到蘿絲竟會拒絕這幅畫，一時間反應不過來。我呆呆地拿著畫，低頭看著，那是幅很漂亮的作品。

我試著解釋。

「可是這眞的是爲妳畫的呀，蘿絲，眞的，我們討論過，瑪姬想爲妳畫一幅畫，可是她……」

「大衛。」

阻止我說下去的人是瑪姬，這使我更加迷惑了，因爲她聲音嚴厲，語帶警告。

我眞的快發火了，蹚這種渾水，瑪姬還不讓我自己找台階下。

蘿絲再度微笑，她看著威利、吠吠和唐尼。

「你們要記取教訓哪，各位男生，要記住這個，很重要的。你們只要隨時對一個女人好，她就會幫你做一堆事情。大衛對瑪姬好，人家就送他一幅畫，漂亮的畫。是不是呀，大衛，你得到的是畫吧？我是說，你只有得到畫嗎？我知道你年紀還有點小，可是誰知道呢。」

我紅著臉，尷尬地笑著說：「拜託，蘿絲。」

「我只是要告訴你，世事難料。女生很好把的，她們就是這樣，給她們一點好處，就讓你予取予求。我知道自己在說什麼，看看你爸爸，看看老威利吧。我們剛結婚時，他想開自己的公司，想要有好幾輛牛奶車。先從一輛開始，然後慢慢增加。我本來要像戰時在霍華大道上班時一樣，幫他記帳，幫他經營工廠，我們會比我小時候在莫里斯鎮時更有錢，那可是會相當有錢哩。可是結果我得到什麼了？啥都沒有，連個屁也沒有，就只有你們接二連三地出生，那個愛爾蘭混蛋不知跑哪兒去了。我有三張嘴巴要餵，現在又多來了兩個。

「告訴你們，女生都很笨，很好把，一騙就上手。」

她走過我旁邊，用手攬住瑪姬的肩膀，然後轉身面對我們。

「你把畫拿回去，」她說，「我知道妳是爲大衛畫的，妳甭想唬我。我想知道的是，妳想從中得到什麼？妳以爲這個男生能給妳什麼？大衛是個好男孩，比大部分男生都好，他眞的很好，可是親愛的，他什麼也不會給妳！如果妳以爲他會，妳就麻煩大了。

「我要說的是，我希望妳只有給他那張畫，不會再給他別的了，我說這話是爲妳好，因爲妳那下頭已經有男人想要的東西了，那可不是妳的藝術作品哪。」

瑪姬的臉開始抽動，我知道她強忍著不哭。這一切雖出人意料，我卻拚命忍住笑意，唐尼也是，這件事實在太詭異了，也令人非常不安，但蘿絲所說的藝術作品，實在是太好笑了。

她攬緊瑪姬的肩膀。

「如果妳給了他們想要的，那妳就只是個蕩婦而已，甜心。妳知道什麼是蕩婦嗎？妳知道嗎，蘇珊？妳當然不知道，妳太小了。蕩婦就是遇到男人就把兩腿張開，讓他們直搗而入的人，就這麼簡單。吠吠，你能不能別再笑了。

「任何蕩婦都活該挨揍，鎮上所有人都會同意我的看法，所以我警告妳啊，甜心，妳要是在家裡給我亂搞，我一定把妳屁股打到開花。」

她放開瑪姬，然後走進廚房，打開冰箱的門。

「好啦，」蘿絲說，「誰要喝啤酒？」

她指指畫說。

「你們不覺得顏色太淡了嗎？」說完就伸手去拎了半打啤酒。

第十四章

當年我只要喝兩罐啤酒就掛了，我歪歪倒倒地回家去，跟平時一樣，發誓絕不跟爸媽講。其實根本多此一舉，因爲我若講了，手指一定會被剁掉。

蘿絲結束演說後，那晚就沒別的事發生了。瑪姬在浴室裡待了一會兒，等出來時，彷彿什麼也沒發生過。她的眼睛是乾的，且面無表情。我們邊看電視邊喝啤酒，廣告時，我跟威利和唐尼提議星期六去打保齡球。我試著捕捉瑪姬的眼神，但她不肯看我，等啤酒喝完後，我就回家了。

我把畫作掛在房裡的鏡子旁。

可是心裡老覺得怪怪的。以前我從沒聽別人用過蕩婦這個詞，但我知道那是什麼意思，自從偷看過老媽的《小城風雨》後我就知道了。不知艾迪的老姊黛妮絲是否還太小，不夠格當蕩婦。我記得她裸體綁在樹上、她軟厚的乳頭，她忽哭忽笑，有時又哭又笑的樣子，我還記得她兩腿之間的肉褶子。

我想到瑪姬。

躺在床上，我心想，要傷害一個人何其容易，你不必動粗，只要對準他們在意的事，狠狠刺下去就行了。

我若想做的話也可以。

人是很脆弱的。

我想到爸媽如何彼此傷害，他們太常吵架了，我夾在中間，已學會不去在意任何一方。大部分都是吵些芝麻小事，但這些事會累積。

我無法入眠，爸媽就在隔壁房間，老爸正在打呼。我爬起來，到廚房拿可樂，然後走進客廳坐在沙發上。我沒開燈。

這時已過了午夜。

夜裡很暖，沒有微風，爸媽跟平時一樣沒關窗子。

隔著紗窗可以直接看到錢德勒家的客廳，他們家的燈還亮著，窗子也是開著的，可以聽得見聲音。我聽不清說話內容，但聽得出是誰在說話。威利、蘿絲，然後是瑪姬、唐尼，就連吠吠都沒睡——你可以聽見他的聲音跟女生的一樣尖，他還大聲地笑。

其他人都在吼著什麼。

「……為了一個男生！」我聽見蘿絲說，然後她的聲音消失在一堆雜音裡。

我看到瑪姬退回客廳的窗框中，她指著一個東西大叫，全身緊繃，而且氣得發抖。

「你休想！」我聽到她說。

接著蘿絲壓低聲音，我聽不見了，但那聲音像是低吼，我只聽得出這麼多。我看到瑪姬突然崩潰，整個人彎下身，哭了。

接著有隻手伸出來打了她一巴掌。

那巴掌極重，瑪姬退到窗框外，我就再也看不到她了。

威利往前移動。

開始慢慢地跟著她。

像是在跟蹤她。

「夠了！」蘿絲說，意思大概是叫威利別再跟著瑪姬了。

有一陣子，似乎都沒有人走動。

接著他們在窗框中移進移出，每個人表情都很嚴肅且憤怒。威利、吠吠、唐尼、蘿絲和瑪姬從地上撿起東西，或把椅子什麼的挪來挪去，眾人慢慢離去，我再也沒聽到聲音和談話了。我唯一沒看見的人是蘇珊。

我坐著觀看。

燈熄了，僅有各寢室裡透著微光，接著連那微光也滅了。他們家跟我們家一樣，只剩下一片漆黑。

第十五章

那個星期六在保齡球館裡，肯尼・羅伯森第十局本可輕鬆全倒，結果沒打中七號瓶，只得了一百零七分。肯尼很瘦，而且每次丟球都用盡全身力氣。他回座時，拿著他老爸的幸運手帕擦額頭，那天他的運氣實在不怎麼樣。

肯尼坐到記分板後，我和威利的中間。大夥看著唐尼站到第二球道左側，他的習慣位子。

「你還有在想那件事嗎？」他問威利，「讓瑪姬加入突擊的事？」

威利笑了笑，我猜他心情不錯，大概會超過一百五十分吧，這算罕見的了。威利搖頭。

「我們現在有自己的突擊了。」他說。

第三部

第十六章

那些夜裡我會在錢德勒家過夜，若鬧累了，而吠吠又已睡著，我們便會聊天。大部分都是唐尼和我在聊，威利向來寡言，何況他說出來的話多半很驢。可是唐尼夠聰明，而且我說過，他算我的至友，所以我們常聊——聊學校、女生、歌唱節目《美國樂台》裡的小鬼、神祕的性愛、最近收音機裡聽到的搖滾樂的眞正含義等等，一直講到深夜。

我們會談自己的願望夢想，有時甚至聊到噩夢。

通常是唐尼帶頭聊起，最後由我收尾，有時聊到睡意全消，我就從雙層床上探出身子，說句諸如「懂我意思了吧？」的話，但唐尼已經睡著了，留下我獨自胡思亂想，輾轉反側，有時直至天明。我得花點時間才能探知自己心底的感覺，等我知道了，便無法將之拋開。

我到現在還是那樣。

如今深夜對談成了獨白，我不再啓口了，無論誰跟我睡，我都不再談了。我的心緒有時化爲噩夢，但我絕不對人傾訴。現在的我，跟最初的我一樣——全然處於自我保護的狀態。

我想這應該始於七歲，媽媽走進我房間的那一天。當時我睡著了，「我要離開你爸爸了，」媽媽將我叫醒說，「可是我不想讓你擔心，我會帶你一起走，不會留下你，絕對不會。」我從七歲到十四歲間，都在等待，為自己做好準備，變成一個獨立於他們兩人之外的自己。

我想，這種心態就是那樣開始的。

可是七到十三歲期間，蘿絲出現了，然後瑪姬和蘇珊也出現了。若是沒有她們，媽媽跟我的談話說不定對我有益，讓我在後來父母離異時，免於震驚與錯愕，因為小孩子是很有適應力的，能很快恢復自信，也能與人分享。

可是我辦不到，因為後來發生的事，也因為後來我所做與未能去做的事。

我的第一任老婆艾薇琳有時會打電話給我，在夜裡把我吵醒。

「孩子們還好嗎？」她的聲音充滿恐懼地問。

艾薇琳和我並沒有小孩。

她進出精神病院好幾回了，數度急性憂鬱和焦慮症發作，不過她會這麼偏執，還是令人百思不得其解。

因為我從沒跟她說過這件事，半個字都沒提。

她怎麼會知道？

難道是我說夢話嗎？還是某天晚上曾對她告白？或者她只是意識到我有心事——感知到我們從不生小孩的原因，以及為什麼我堅持不生。

她的電話像夜梟般在我腦中飛繞尖叫，我一直等待它們回來，而它們回來時，我卻總是嚇一大跳。

心驚膽戰。

孩子們還好嗎？

我早就學會不去惹她了。很好啊，艾薇琳，我告訴她說。孩子們當然都很好啊，回去睡吧，我說。

可是孩子們一點都不好。

他們永遠也好不起來了。

第十七章

我敲著房後的紗門。

沒人應門。

我開門走進去。

立即聽到他們的笑聲，從其中一間寢室傳出來。瑪姬的聲音聽起來又高又尖，吠吠咯咯地笑得歇斯底里，小威利和唐尼的聲音較低，比較男性。

我不該來的——因爲我挨罰了，我一直在做B—52模型，那是老爸送我的聖誕禮物，有個輪子一直裝不好，所以我試了三四遍後，憤而把輪子扯下來，將模型踹到臥室門上，踢成碎片。媽媽進門看到亂成這樣，就罰我禁足了。

老媽這會兒出門買東西了，我至少可以暫時自由一下。

我朝房間走過去。

瑪姬貼在寢室角落的窗邊牆上。

唐尼轉過頭。

「喂，大衛！她怕癢吔！瑪姬怕癢！」

這好像是事先約好的訊號，大夥立即一起過去追她，搔她的肋骨。瑪姬扭著身體，拚命把他們推開，然後彎下腰，用手肘護住自己的肋骨，一邊大笑，紅色的長馬尾搖來晃去。

「抓住她！」

「我抓到了！」

「抓她，威利！」

我回頭看到蘇珊坐在床上，也在大聲笑著。

「唉喲！」

我聽到巴掌聲，便抬起頭。

瑪姬用手護住自己的胸口，吠吠摀著臉，臉上的紅暈漸漸拓開，一副快哭的樣子。威利和唐尼往後退開。

「搞什麼鬼啊！」

唐尼很生氣，他自己可以用皮帶抽吠吠，卻不許別人動手。

「妳這賤人！」威利罵道。

他朝瑪姬頭部揮拳，瑪姬輕鬆地閃開了，威利沒再出手。

「妳幹嘛打他？」

「你明明看到他做什麼了！」

「他什麼也沒做。」

「他捏我。」

「那又怎樣。」

吠吠在哭，「我要去告妳啦！」他大聲哭說。

「去啊。」瑪姬說。

「我告了妳就倒大楣了。」吠吠說。

「我才不在乎你做什麼。我才不在乎你做的任何事。」她一把推開威利，從他中間穿過去，經過我身邊，沿著走廊進到客廳。我聽到前門被重重甩上。

「小賤人。」威利說著轉頭去看蘇珊，「妳姊是個他媽的賤貨。」

蘇珊沒接話，威利朝她走過去，我看到蘇珊縮起身子。

「你看到了嗎？」

「我沒在看。」我說。

吠吠在吸鼻子，鼻涕都垂到下巴了。

「她打我！」他大聲嚷嚷，然後也從我身邊跑過去。

「我要去告訴我媽，」威利說。

「我也是，」唐尼說，「絕不能放過她。」

「我們只是在玩而已，拜託好不好。」

唐尼點點頭。

「她出手太重了。」

「是吠吠摸她胸部的。」

「那又怎樣，他又不是故意的。」

「摸人家胸部是會吃黑眼圈的。」

「他還是有可能被揍出黑眼圈。」

「賤人。」

房裡的氣氛非常緊繃。威利和唐尼像受困的公牛般走來走去，蘇珊從床上溜下來，金屬支架發出嘈雜的響聲。

「妳要去哪裡？」唐尼問。

「我去看看瑪姬。」蘇珊靜靜表示。

「去他的瑪姬，妳給我留在這裡，妳看到她幹什麼了吧？」

蘇珊點點頭。

「好，妳知道她會挨罰，對吧？」

他說得頭頭是道，像個大哥哥，耐著性子對一個不太聰明的妹妹做解釋。蘇珊再次點點頭。

「所以妳想跟她站在同一陣線，也挨罰嗎？妳想要妳的特權被奪走嗎？」

「不要。」

「那妳就待在這裡，OK？」

「好。」

「留在這個房間裡。」

「是。」

「咱們去找瑪姬。」唐尼對威利說。

我跟著他們走出寢室，穿過客廳從後門出來。

蘿絲在車庫後幫番茄除草，身上的舊衣早已褪色，而且也太大了，衣服中間用帶子綁緊，圓領懸開著。

蘿絲從來不戴胸罩，我站在她前面，胸部一覽無遺，差點連乳頭都看到了。她蒼白的小乳房隨著工作顫動，我不斷撇開眼神，怕她注意到，可是眼睛偏又像指南針一樣，朝她指北的胸部猛瞧。

「瑪姬打吠吠。」威利說。

「是嗎？」蘿絲似乎不擔心，只是繼續除草。

「摑他巴掌。」唐尼說。

「爲什麼？」

「我們只是在鬧著玩。」

「大家都在搔她癢。」威利說，「所以她就往後退，然後打了他的臉，就那樣。」

她拔出一片雜草，胸部一陣搖晃，上面還起了雞皮疙瘩，我看得興奮極了。蘿絲看看我，我的眼神及時撇開。

「你也是嗎，大衛？」

「呃？」

「你也有搔瑪姬癢嗎？」

「沒有，我才剛剛進門。」

她笑了笑，「我不是在罵你。」

她跪站起來，然後脫掉髒兮兮的工作手套。

「她現在人呢？」

「不知道，」唐尼說，「她衝出門了。」

「蘇珊呢？」

「在寢室裡。」

「她全看見了嗎？」

「是啊。」

「好。」

蘿絲大步越過草地朝屋子走去，我們跟在後頭。來到門廊時，蘿絲用骨瘦如柴的手在臀上擦了擦，然後扯下綁住棕色短髮的圍巾，把圍巾抖鬆。

我想老媽大概還要二十分鐘，才會買完東西回來，所以便跟著進屋。

我們尾隨蘿絲來到臥室，蘇珊跟我們離開時一樣，坐在床上看雜誌，書頁一邊是伊莉莎白和艾笛．費雪，另一邊是黛比．雷諾。艾笛和伊莉莎白看起來笑得很開心，黛比則一副很悶的樣子。

「蘇珊，瑪姬呢？」

「不知道，夫人，她離開了。」

蘿絲挨著她床邊坐下來，拍拍蘇珊的手。

「他們說，妳看到事情的經過了，是嗎？」

「是的，夫人。吠吠摸瑪姬，瑪姬就打了他。」

「摸她？」

蘇珊點點頭，然後把她手放到她扁瘦的胸口上，彷彿在對國旗宣誓。「這裡。」她說。

蘿絲瞪了一會兒。

然後說：「妳有試著阻止她嗎？」

「妳是指阻止瑪姬嗎？」

「是的，阻止她打吠吠。」

蘇珊頗為困惑，「我沒辦法阻止，事情發生得太快了，錢德勒太太。吠吠摸她，然後瑪姬立刻就打他了。」

「妳應該試著阻止她的，甜心。」她再次拍著蘇珊的手，「瑪姬是妳姊姊。」

「是的，夫人。」

「打一個人的臉，會有很多後果的，說不定有個閃失，把耳膜弄破了，或戳到眼睛，那是很危險的行為。」

「是的，錢德勒太太。」

「蘿絲，我跟妳說過，叫我蘿絲。」

「是的，蘿絲。」

「妳知道縱容一個人那樣做是什麼意思嗎？」

蘇珊搖搖頭。

「那表示妳也有罪，就算妳什麼都沒有做。妳算是跟班，懂我意思嗎？」

「不懂。」

蘿絲嘆口氣，「我跟妳解釋吧，妳愛妳姊姊，對吧？」

蘇珊點頭。

「因為妳愛她，妳會原諒她這種行為，不是嗎？像打吠吠的事？」

「她不是故意打他的，她只是很生氣而已！」

「她當然生氣了，所以妳原諒她了，我說得對嗎？」

「嗯。」

蘿絲笑了，「妳看吧，那根本是不對的，甜心！那會變成縱容她，她做錯事，那是很壞的行為，而妳卻因為愛她而原諒她，那也是錯的，妳不能這樣亂同情啊，蘇珊。不管瑪姬是不是妳姊姊，要有是非，妳得記住這點，如果妳想好好生活的話。現在妳從床上下來，把衣服拉起來，將內褲脫掉。」

蘇珊瞪著她，張大眼睛，僵在那裡。

蘿絲爬下床，鬆開腰帶。

「過來，甜心。」她說，「這是為妳好，我得教妳縱容會有什麼後果，瑪姬不在這裡受罰，所以妳得承擔妳們兩人的份。妳因為沒阻止瑪姬，叫她別那麼做——不管她是不是妳老姊。要有是非。她該受罰，因爲她先動手打人，所以妳現在給我過來這裡，別讓我動手拉妳。」

蘇珊只是瞪著，彷彿無法動彈。

「好吧。」蘿絲說，「不聽話又是另一回事。」

她伸手緊緊地——雖然稱不上粗暴——抓住蘇珊的手臂，將她從床上拉下來。蘇珊開始哭了，腿上的支架嘎嘎作響，蘿絲將她扭過來面對床舖，讓她靠在床邊，然後把紅邊洋裝從背後拉起來，塞進腰帶裡。

威利噴著鼻息大笑，蘿絲瞪他一眼，要他閉嘴。

她把小小的白棉內褲拉到蘇珊腳踝上。

「妳縱容瑪姬，要挨五下，瑪姬要挨十下，還有不乖要挨五下，總共二十下。」

蘇珊哭出聲了，連我都能聽見，我看著淚水從她臉上滾下來，突然感到一陣羞愧，打算從門邊溜開。唐尼似乎也想這麼做，但蘿絲八成看見了。

「你們給我站住別動，女生本來就愛哭，你們啥也不能做。不過這是爲了她自己好，你們最好一起參與，給我留下。」

腰帶是薄布條，不是皮製的，所以我想大概不會太痛。

蘿絲將腰帶對摺，高舉過頭，咻地往下一揮。

啪。

蘇珊倒抽口氣，開始放聲嚎哭。

她的屁股本來跟蘿絲的胸部一樣蒼白，覆著一層細薄的絨毛。現在屁股在顫抖，我看到她左臉頰的酒窩旁鼓起一片紅斑。

蘿絲再次揚起腰帶，緊抿著嘴唇，她面無表情，但十分專注。

腰帶再次揮落，蘇珊大哭。

緊接著第三、四下連抽而來。

蘇珊的屁股上都是紅痕。

五。

她似乎快被鼻涕淚水噎住了，呼吸變成了吞嚥。

蘿絲揮得更凶狠了，我們只得往後退開。

我心裡數著，六、七、八、九、十。

蘇珊的雙腿抽顫扭曲，指節泛白，緊攀住床沿。

我從沒聽過這種哭聲。

快逃呀，我心想，天哪！我一定會拔腿狂逃的。

可是她當然跑不了，她等於是被鍊住了。

我想到我們的「突擊」。

我心想，蘿絲正在玩突擊，眞他媽的，雖然每次腰帶落下，我身子便跟著一縮，卻還是忍不住這麼想，太有意思了。大人吔，一個大人在玩突擊，雖然不完全一樣，卻相當接近了。

我忽然覺得不再有禁忌，心中罪惡感頓失，但刺激感還在。我感到自己的指甲深深掐入手掌裡。

我繼續數著，十一、十二、十三。

蘿絲的上唇和額上冒著細細的汗珠，她的動作變得十分機械化，十四、十五。她抬起手，我可以看到她的肚皮，在沒繫腰帶的衣服底下脹喘。

「哇！」

吠吠溜進房裡，擠進我和唐尼之間。

十六。

他盯著蘇珊扭曲脹紅的臉。「哇。」他又說了一遍。

我知道他跟我想著同樣一件事——我們全都在想同一件事。

處罰是很私人的，至少在我們家如此，就我所知，每個人的家都是私底下處罰的。

這不叫處罰，這是「突擊」。

十七、十八。

蘇珊倒在地上。

蘿絲彎下身。

她嗚嗚有聲地哭著，瘦小的身子抽搐不止，手擋著頭，雙膝帶著支架盡可能地抬至胸口。

蘿絲重重喘著氣，她把蘇珊的褲子穿起來，一把將她拉起來扔回床上，讓她側躺著，然後把她腿上的衣服順平。

「好了，」她輕聲說，「就這樣，休息吧，妳還欠我兩下。」

接著我們默默地站了一會兒，聽她低泣。

我聽到隔壁有車子開進來。

「慘了！」我說，「是我媽！」

我衝過客廳，來到門外錢德勒家旁邊，從樹籬望過去。老媽把整部車開進車庫了，她打開廂型車後門，正彎身把印有A&P超市的袋子拿出來。

我奔過車道，來到我們家前門，衝回樓上的臥房，翻開一本雜誌。

我聽到後門開了。

「大衛！下來幫我搬東西！」

門砰地關上了。

我跑到車邊，媽媽皺眉把袋子一個個遞給我。

「超市簡直擠死了。」她說，「你剛才在幹嘛？」

「沒幹嘛，在看書。」

我轉身進屋時，看到瑪姬站在錢德勒家對街，佐恩家前面的樹林邊。

她瞪著錢德勒家，嘴裡嚼著一根草，心中若有所思，似乎想決定什麼。

她好像沒看到我。

不知瑪姬知道多少。

我把袋子拿進屋裡。

後來我去車庫拿水管，看到瑪姬和蘇珊在院子裡，姊妹倆獨自坐在白樺樹後，瘋長的草地裡。

瑪姬在幫蘇珊梳理頭髮，她用梳子輕柔穩健地梳著，彷彿沒弄好，頭髮便會瘀傷了。瑪姬用另一隻手捧在髮下，僅用指尖輕輕將頭髮扶起，然後讓髮絲垂落。

蘇珊甜甜地笑著，雖是淺笑，卻看得出她很開心，姊姊令她寬慰。

那一瞬間，我瞭解她們兩人有多麼的相依爲命，那種關係有多麼獨特，我幾乎要嫉妒起她們了。

我沒去打擾她們。

我找到水管，從車庫出來時，風向已轉，我聽見瑪姬在哼唱，輕柔得有如一首搖籃曲。

《晚安艾琳》，我小時候晚上搭長途車時，媽媽常會唱這首歌。

晚安，艾琳，晚安，艾琳，我將在夢中與你相見。

我一整天都在哼這首歌，每次一唱，眼前就浮現出瑪姬和蘇珊一起坐在草地裡的樣子，感覺到臉上陽光暖熱，以及梳子的撫觸和那隻輕柔的手。

第十八章

「大衛，你有沒有錢？」

我在口袋裡掏半天，找到一張發皺的一元紙鈔和三毛半的銅板。瑪姬和我正要去操場，待會兒有球賽。我帶著左手用的棒球手套和一顆舊的黑膠球。

我把錢拿給她看。

「能借我嗎？」

「全部嗎？」

「我餓了。」她說。

「哦？」

「我想去點心小舖買三明治。」

「買三明治？」

我大笑說：「妳幹嘛不乾脆偷兩條糖來吃？那邊的櫃台看管得很鬆。」

我自己就偷過很多次了，我們大多數人都偷過，最屌的是，走到你想要的東西前，拿起來走出去就行了。不必偷偷摸摸，也不必遲疑，點心小舖向來熱鬧，根本沒什麼大不了，而且管店的霍里老先生誰也不用，所以也不會有半點罪惡感。

可是瑪姬皺皺眉。「我不偷東西。」她說。

我心想，天啊，妳也太嬌了吧。

我對她有點不屑，每個人都會偷，小孩子本來就會偷東西。

「把錢借我就是了嘛。」她說，「我保證一定還你。」

我無法生她的氣。

「好吧，當然。」我把錢塞進她手裡，「可是妳要三明治幹嘛？在蘿絲家自己做就好啦。」

「我不能做。」

「爲什麼？」

「我不該做。」

「爲什麼？」

「因爲我還不能吃東西。」

我們越過街，我左右看了看，然後看著她，瑪姬面無表情，好像有什麼事瞞著，而且臉紅紅的。

「我不懂。」

肯尼、艾迪和勞·莫里諾已經在壘上互相傳球了，黛妮絲站在捕手後邊的鐵網看他們，可是還沒人瞧見我們。我看得出瑪姬想離開，但我只是瞪著她。

「蘿絲說我太胖了。」她終於說道。

我笑出聲來。

「怎樣啦？」她問。

「什麼怎樣？」

「我胖嗎？」

「呃？胖？」我明知她很認眞，但還是忍不住大笑，「當然不胖，她是在跟妳開玩笑。」

瑪姬突然扭過身，「什麼爛玩笑嘛，」她說，「你自己試試看一整天不吃晚餐和早餐還有午餐。」

接著她閉上嘴，轉頭看著我說：「謝了。」

然後就走了。

第十九章

球賽開打後約一個小時就解散了，解散前，街區的小孩差不多全到了，不只是肯尼、艾迪、黛妮絲和勞．莫里諾，還加上威利、唐尼、東尼．莫里諾，甚至連葛蘭．納特和哈利．葛雷都跑來看勞打球了。大小孩一來，球賽速度就變快了——直到艾迪沿三壘線擊出球，開始跑壘後。

除了艾迪自己，大家都看出他犯規了，但沒有人想跟他說。艾迪跑著壘，肯尼去追球，接著又上演互相叫罵的戲碼了，雙方幹過來又操過去。

唯一的不同是，這回艾迪掄著球棒追勞．莫里諾。勞的塊頭跟年紀都比艾迪大，可是艾迪有球棒，而且結果可能不只是打斷鼻子或腦震盪而已，勞識相地帶著哈利和葛蘭從另一個方向離開球場，艾迪則從另一邊離開。

我們其他人繼續扔球玩。

瑪姬回來時，我們正在傳球。

她把一些零錢塞進我手裡，我把錢放入口袋。

「我欠你八毛五。」她說。

「OK。」

我注意到她的頭髮有點油油的，好像那天早上沒洗頭。不過她看起來還是很漂亮。

「要不要去做點什麼？」她問。

「像是什麼？」

我左顧右盼，大概怕被別人聽見吧。

「不知道。去小溪如何？」

唐尼把球傳給我，我又傳給威利。他果然接得太慢，沒接中。

「算了，」瑪姬說，「你太忙了。」

她有點不高興，或有點受傷，說完便作勢離去。

「別走，喂，等等。」

我沒辦法邀她玩球，因爲這是硬球，她又沒有手套。

「好啦，沒問題，咱們去小溪邊待一會兒。」

這件事想做得漂亮，只有一個辦法，我得邀其他人。

「喂，你們要不要去溪邊玩？抓小龍蝦什麼的？這裡熱死啦。」

其實我覺得去溪邊不錯，因爲天氣眞的很熱。

「好啊，我去。」唐尼說，威利聳聳肩，然後也點頭了。

「我也去。」黛妮絲說。

很好，我心想，黛妮絲也要跟，這下只缺吠吠了。

「我得吃點午餐，」肯尼說，「也許待會兒我會過去。」

「好吧。」

東尼猶豫一會兒後，覺得也餓了，所以只剩下我們五個人。

「我們先回家，」唐尼說，「拿罐子裝小龍蝦，順便拿點飲料。」

我們從後門進去，聽見地下室的洗衣機在響。

「唐尼，是你嗎？」

「是的，媽媽。」

他轉頭看著瑪姬，「妳去拿飲料好嗎？我去下面拿罐子，順便看她想幹嘛。」

我、威利和黛妮絲一起坐在廚房桌邊，桌上有些吐司屑，我把屑屑刷到地上。桌上還有個塞滿煙蒂的煙灰缸，我在裡頭找了一下，但沒找到待會兒還能吸的殘煙。

瑪姬拿出熱水瓶，小心翼翼地把蘿絲的大水罐裡的檸檬水倒進去。這時他們上樓來了。

威利拿了兩條花生奶油糖和一堆罐頭，蘿絲在褪色的圍裙上擦著手，她對我們笑了笑，然後看著廚房裡的瑪姬。

「妳在做什麼？」她問。

「只是在倒飲料而已。」

蘿絲從圍裙口袋裡拿出一包煙，點燃一根。

「我不是跟妳說過，不許妳進廚房嗎？」

「唐尼想要飲料，那是唐尼的點子。」

「我才不管是誰的點子。」

她吐了口煙，然後開始咳嗽。蘿絲咳得很凶，咳進肺裡了，一時間說不出話。

「只是果汁而已，」瑪姬說，「我又沒吃東西。」蘿絲點點頭，「問題是，」她又吸了一口煙，「問題是，妳在我回來之前偷了什麼。」

瑪姬倒好果汁後放下水罐，「沒有，」她嘆道，「我什麼都沒偷。」

蘿絲又點點頭。「過來，」她說。

瑪姬只是站著不動。

「我叫妳過來。」

她走過去。

「張開嘴，讓我聞聞看。」

「什麼？」

黛妮絲在我旁邊開始咯咯笑起來。

「不許頂嘴，把嘴張開。」

「蘿絲……」

「打開。」

「不要！」

「什麼？妳說什麼？」

「妳沒有權利……」

「老娘什麼權利都有，張開嘴。」

「不要！」

「我叫妳張嘴，妳這個騙子。」

「我不是騙子。」

「我知道妳是蕩婦，看來妳也是個騙子。把嘴打開！」

「不要。」

「打開！」

「不要。」

「叫妳打開聽到沒。」

「我不要。」

「噢，妳會要的，必要的話，我會叫這些男生幫妳打開。」

威利哼著氣大笑，唐尼依然拿著罐頭和瓶子站在門口，看起來十分尷尬。

「把妳的嘴巴打開，妳這個賤貨。」

黛妮絲一聽又咯咯笑了。

瑪姬直視著蘿絲，重重吸一口氣。

她突然變得像個大人，極具尊嚴。

「我跟妳說過了，蘿絲，」她說，「我不要。」

就連黛妮絲聽了都閉上嘴了。

我們都驚呆了。

我們從沒見過這種情況。

小孩子是不具分量的，一向就是如此，小孩子應該忍受羞辱，或乾脆逃開。如果你要抗議，也只能間接抗議，你可以衝回自己房間用力甩門、尖叫大吼、吃飯時悶不吭聲。你可以出氣——或故意不小心打破東西，但你只能要這些小動作而已。你千萬不能挺身面對大人，義正辭嚴地叫他自己去死，不能站在那裡冷靜地對他說不。我們還太小，不能那麼做，所以大夥才會看得目瞪口呆。

蘿絲笑了笑，在煙灰缸裡把煙蒂捻熄。

「那我去找蘇珊好了，」她說，「她應該在她房裡。」

這下換她瞪著瑪姬了。

兩軍劍拔弩張地對峙了一會兒。

接著瑪姬的態勢一軟。

「妳別把我妹妹扯進來！妳別動她！」

她雙手握拳，指節都發白了，於是我知道，瑪姬曉得那天蘇珊挨打的事了。

我不確定還有沒有別的挨打事件。

可是就某個角度而言，我們都鬆了一口氣，這樣比較像我們習慣的樣子。

蘿絲只是聳聳肩，「妳不必那麼不高興，瑪姬，我只是想問她，知不知道妳在隔餐之間到冰箱裡拿東西吃。如果妳不肯照我的話做，我想她應該會知道。」

「她又沒跟我們在一起！」

「我想她一定會聽到妳的動靜，甜心，鄰居一定也聽到了。反正姊妹之間一定會知道，對吧？這是種本能。」

蘿絲轉向臥室。「蘇珊？」

瑪姬伸手抓住蘿絲的臂膀，似乎變了個人，變得害怕、無助而急切。

「妳去死吧！」她說。

此話千不該萬不該出口。

蘿絲火速回身打了她一巴掌。

「妳敢碰我？妳敢碰老娘，媽的，妳敢動到我頭上？」

她又出手打她，瑪姬往後退，再次撞到冰箱，一失衡跪倒在地上。蘿絲衝過去抓住她的下巴，用力扯著。

「現在妳給我打開妳的臭嘴，聽見沒？否則看老娘踹死妳跟妳小妹！聽見沒？威利？唐尼？」

威利站起來走過去，唐尼不知道該怎麼辦。

「抓住她。」

我僵在一旁，事情發生得太快了，坐在我旁邊的黛妮絲也瞪大了眼睛。

「我說抓住她。」

威利站起來走過去抓住她的右手臂，看來蘿絲抓得太用力，把瑪姬的下巴弄疼了，因爲她並沒有掙扎。唐尼把瓶子和罐頭放到桌上，抓住瑪姬的左手。兩個罐頭從桌上滾落，咚咚咚地掉到地上。

「張開，賤人。」

瑪姬開始掙扎著想站起來，又撞又跳的，可是他們把她按得死緊。威利顯然做得很樂，但唐尼的臉色則很難看。蘿絲已經動用兩隻手，試圖把她的下顎扳開。

瑪姬咬她。

蘿絲大叫一聲，踉蹌地往後退開，瑪姬扭站起來，威利把她的手拽到背後，用力抬高，瑪姬出聲慘叫，彎身想掙脫，同時驚惶地奮力甩著左臂，想甩開唐尼。她差點就成功了，唐尼並沒抓得那麼緊，瑪姬幾乎要掙脫了。

接著蘿絲又踏上前。

她先站著打量瑪姬，大概是在找破綻吧，接著她握起拳，像男人打架一樣，一拳重重擊在瑪姬的腹部上，聲音聽起來像在打籃球。

瑪姬倒下來，大口喘氣。

唐尼鬆開她。

「天啊！」黛妮絲在我旁邊低聲說。

蘿絲退開去。

「想打架是嗎？」她說，「好啊，來打呀。」

瑪姬搖搖頭。

「妳不想打架？不打啦？」

瑪姬搖搖頭。

威利看著他母親。

「太可惜了。」他靜靜地說。

威利還抓著瑪姬的臂膀，開始去扭，瑪姬彎下身。

「威利說得對，」蘿絲說，「太可惜了，放馬過來啊，瑪姬甜心，打呀，妳跟他打呀。」

威利用力扭著，瑪姬痛得跳起來，她喘著氣，第三度搖頭。

「我看她是不想打了，」蘿絲說，「我今天不管講什麼，這個女孩都不肯聽話。」

她甩著被瑪姬咬到的手，檢查了一下。從我坐的地方，只看得到一片紅斑，並沒有咬破皮或受到什麼傷。

「放開她吧。」蘿絲說。

威利鬆開瑪姬的手，她往前垂倒，哭了起來。

我不想看了，便把頭撇開。

我看到蘇珊站在走廊牆邊，一臉驚嚇地盯著屋子角落裡的姊姊。

「我得走了。」我說，聲音沈重得連自己都覺得異常。

「還要不要去溪邊那？」威利似乎很失望，這個混蛋一副什麼事都沒發生的樣子。

「晚點吧，」我說，「我得走了。」

我知道蘿絲在看我。

我站起來，不敢經過瑪姬身邊，而對著蘇珊走過去，往前門移動。蘇珊似乎沒注意到我。

「大衛，」蘿絲極其平靜地說。

「什麼事？」

「這是所謂的家庭糾紛。」她說。

「只是我們自己的家務事，你雖然看到了，但是跟別人無關，懂嗎？你明白了嗎？」

我遲疑了一下，然後點點頭。

「乖孩子。」她說，「我就知道你會明白。」

我走到外頭，天氣又熱又悶，屋子裡涼多了。

我走回林子裡，繞開往小溪的路徑，深入莫里諾家後邊的林子內。

那裡較涼，可聞到松樹及泥土味。

我眼前一直浮現瑪姬彎下腰哭泣的畫面，然後又看到她站在蘿絲面前，冷冷地直視她說，我已經跟妳說過不要了。不知爲什麼，這令我想起週初，我跟媽媽的一次口角。你跟你爸爸一個樣子，她說。我當時的反應很激烈，卻無法跟今天的瑪姬相比。我輸了，我好氣，我好恨媽媽。現在我像個旁觀者似地想起那件事，接著又想到今天發生的一切。

這眞是個奇異的早晨。

可是一切又像無法留痕。

我穿過樹林。

心中一絲感覺也沒有。

第二十章

從我家穿過樹林，越過巨石的小溪，然後沿著對岸走過兩棟老房子和一處建地，就可以到達點心小舖。第二天我就是從那條路回家的，我把《三劍客》、一些甘草糖和泡泡糖——這是想到瑪姬時買的——裝在紙袋裡，這時聽到瑪姬的尖叫聲。

我知道是她，雖然只是一聲尖叫，有可能是任何人發出來的，但我卻知道是她。

我靜靜沿著河岸走。

瑪姬站在巨石上，威利和吠吠一定是趁她把手探入水裡時，嚇到她的。因爲瑪姬的袖子捲起來了，前臂上有水珠，紫色的長疤像蟲似地從她皮膚上凸起。

他們用地窖裡的罐頭扔她，吠吠至少瞄得還滿準的。

但威利卻對準她的頭部。

頭部較難瞄準，威利總是扔偏。

吠吠先是擲中她的膝蓋，瑪姬轉身時，又擊中她背部。

瑪姬再度轉身，看到他們拿起玻璃花生奶油罐，吠吠開轟了。

玻璃在她腳下碎散，噴濺到她腿上。

萬一被其中一個罐子扔中，瑪姬就慘了。

除了遁入溪裡，她沒地方躲，已經來不及爬上我旁邊的高岸，所以萬不得已只好做出此反應。

瑪姬只能躲進水裡。

那天小溪十分湍急，溪底的石頭又覆滿青苔。我看到她絆了一下，另一個罐子在附近石頭上擊碎時，瑪姬幾乎跟著立刻跌倒。她爬起來，大口喘著氣，全身溼到肩頭，瑪姬試圖逃跑，才跑四步，就又跌跤了。

威利和呋呋高聲嚎叫，笑得連罐子都忘記扔了。

瑪姬站起來，這回她站穩了，朝下游衝過去。

等她繞過彎口，便有一片濃密的木叢可以掩護她了。

鬧劇結束了。

奇怪的是，沒人看見我，他們依然沒看到我，我覺得自己像個幽靈。

我看著他們收拾剩下的瓶瓶罐罐，沿著小路大笑地走回家，聽他們的聲音漸行漸遠。

爛人，我心想。到處都是碎玻璃，我們沒法在水裡玩了，至少得等水漲起來才行。

我小心翼翼地越過巨石，來到河岸對面。

第二十一章

瑪姬在七月四日國慶日還擊了。

時值黃昏，溫暖的夜色漸沈，我們幾百個人在高中前的紀念運動場上，坐在毯子上等著看煙火。

唐尼、我跟我爸媽坐在一起——那晚我邀他過來一起吃晚飯——爸媽和他們的朋友，住在兩條街外的漢德森夫婦同坐。

漢德森夫婦是天主教徒，沒生小孩，也就是說，他們不太正常，雖然沒人知道究竟哪裡不正常。漢德森先生個頭很大，酷愛戶外活動，喜歡穿格子衫和燈芯絨褲，可說是男人中的男人，而且還滿風趣的。他在自己後院養獵犬，有時我們去他家時，他會讓我們玩他的BB槍。漢德森太太瘦瘦的，金髮，鼻子不高，還滿漂亮的。

有回唐尼說，他實在看不出他們哪裡有問題，他巴不得馬上撲上去操她。

從我們坐的地點，可以看到坐在運動場對面的威利、吠吠、瑪姬、蘇珊和蘿絲，他們坐在莫里諾家旁邊。

整個鎮的人都來了。

凡是能走、能開車或能爬的人，七月四日都會去看煙火。除了陣亡將士紀念日的遊行之外，那是我們一年一度的大日子。

警察會形式上地過來察看，沒有人會預期有亂子，當年的小鎮還是那種人人互相認識，或透過別人來彼此知道的年代。家家日不閉戶，免得客人來時主人不在。

鎮上大部分警察也都是家裡的朋友，我爸在酒吧裡或在海外戰爭退役軍人協會（VFW）裡，認識他們。

他們主要是確定沒有人把火藥球扔得太近毯子，其他就只跟大家一樣，站在附近等著看煙火秀罷了。

唐尼和我邊聽漢德森先生談小獵犬剛生了一窩小狗，邊從保溫杯裡喝冰茶，然後嘻嘻哈哈地互相打嗝，用燉肉味薰對方。老媽每次燉肉，都會在裡面放很多洋蔥，老爸都快抓狂了，可是我們都很愛吃。再半個小時，大夥就會開始放屁了。

廣播器大聲播放作曲家蘇沙的曲子。

一輪弦月掛在高中校樓的上空。

在昏灰的光線中，可以看到小小孩在人群裡追來逐去，人們點燃煙火砲，我們後面有一大排兩吋長的煙火砲像機關槍似地炸開了。

我們決定去吃冰淇淋。

餐飲車的生意好到爆，小鬼頭們擠成一團。我們慢慢穿過去，怕被踩到腳。我要了份棕牛牌冰淇淋，唐尼買的是巧克力冰棒，我們試著擠出人群。

接著我們看到瑪姬在貨車邊，跟詹寧斯先生講話。

我們立刻停住腳步。

因爲詹寧斯先生是個警官，是個條子。

看到瑪姬的動作、手勢和傾著身子對他說話的模樣，我們立即明白她在說什麼了。

太可怕，太嚇人了。

我們當場傻住。

瑪姬在打小報告，出賣蘿絲，出賣唐尼和每一個人。

她背對著我們。

我們愣愣地看了她一會兒，然後有志一同地互看對方。

我們晃過去，吃著冰淇淋，一派輕鬆的模樣，站到她側邊遠處。

詹寧斯先生看了我們一眼，然後看看蘿絲、威利和其他人的方向，接著點點頭，仔細聆聽，專注地看著瑪姬。

我們認眞地啃著冰淇淋，望著別處。

「嗯，我想那是她的權利吧。」他說。

「不對，」瑪姬說，「你不懂。」

可是接下來的話就聽不見了。

詹寧斯先生笑了笑，聳聳肩，把長滿雀斑的大手放到她肩上。

「聽我說，」他表示，「就我所知，妳的爸媽應該也會有同感，誰知道呢？現在妳得把錢德勒太太當成自己的媽媽了，不是嗎？」

瑪姬搖著頭。

接著，我想詹寧斯第一次意識到唐尼和我到底是誰了，以及我們在他們兩人的談話中，所涉及的含義。他臉色一變，但瑪姬還在爭論。

他正色地看著瑪姬身後的我們一會兒。

然後他拉起瑪姬的手。

「咱們去走一走。」他說。

我看到瑪姬緊張地望著蘿絲的方向，可是天色已近全黑，除了月亮、星星，和偶現的煙火，已經很難看得清了。蘿絲不太可能發現他們兩人在一起。我所站的地方，人群已變成模糊一片，像樹叢或大草原上突起的仙人掌了。我知道他們坐在哪裡，卻看不清他們，也看不見我爸媽及漢德森夫婦。

我很清楚瑪姬為什麼害怕，我自己也怕得要死。她的做法讓人感覺到刺激和禁忌，跟在白樺樹上，從窗口偷看她的感覺完全一樣。

詹寧斯先生背對我們，輕柔地帶開她。

「媽的。」唐尼喃喃說。

我聽到咻的一聲，天空炸開了，亮白的菌狀煙火碎裂紛落。

人群發出哇的讚嘆聲。

我在煙火的殘輝中看著唐尼，看到他的困惑與擔憂。

他向來是不願欺負瑪姬的那個，現在還是。

「你打算怎麼辦？」我問他。

他搖搖頭。

「詹寧斯不會相信瑪姬的。」唐尼說，「他什麼都不會做。條子只會講，但從來不行動。」

蘿絲好像跟我們說過類似的話，條子只會動口，但從不動手。

我們走回毯子上時，唐尼重複念著那句話，彷彿那是一種信仰，非如此不可。

幾乎像是在禱告。

第二十二章

翌日晚間八點左右，巡邏車開進來了，我看到詹寧斯先生走上台階敲門，蘿絲開門讓他進去。我從家中客廳窗口觀看，感覺胃在翻攪。

爸媽去參加天主教慈善團體哥倫布騎士團的派對了，我老姊叫琳達．考登，十八歲，有雀斑，我覺得長得還滿可愛的，不過跟瑪姬沒得比。爸媽給她一小時七毛五的鐘點費當保母，只要我不吵不鬧，不打擾她看電視，她根本不管我做什麼。

琳達和我有協議，只要我不說出她男朋友史帝夫來家裡，或他們兩人一整晚在沙發上親密，我愛做什麼都行，不過必須在爸媽回家之前就寢。她知道我已經夠大了，不需要保母了。

所以我一直等巡邏車開走後才去隔壁，時間約八點四十五。

他們一群人默默坐在客廳和餐廳裡，大夥都在，沒有人走動，我覺得他們已經維持同一姿勢好一陣子了。

所有人都瞪著瑪姬，連蘇珊也是。

我覺得非常詭異。

後來到了六〇年代，我才瞭解那是什麼感覺。我打開徵兵機構寄來的信，裡頭的卡片通知我說，我的等級已符合當兵的資格。

那是一種事態嚴重。

風險越來越高的感覺。

我站在門口，蘿絲看到我了。

「哈囉，大衛。」她靜靜地說，「坐下來，加入我們吧。」接著她嘆口氣，「誰去幫我拿啤酒來好嗎？」

飯廳裡的威利站起來走到廚房，幫蘿絲跟自己拿了啤酒，打開瓶蓋，遞給她一瓶，自己又坐下來。

蘿絲點了根煙。

我看到瑪姬坐在灰色電視螢幕前的摺疊椅上，看起來很害怕，卻十分堅毅，令我想到《日正當中》最後，走在無聲街道上的賈力·古柏。

「這下好了，」蘿絲說，「這下可好了。」

她啜飲著啤酒，抽著煙。

吠吠在沙發上扭動。

我差點轉身走出去。

這時唐尼從客廳裡站起來，走到瑪姬面前。

「妳竟然叫條子來這裡抓我媽，」他說，「來抓我母親。」

瑪姬抬眼看著他，表情稍稍放鬆些，因爲他是唐尼，是不太願意欺負她的唐尼。

「對不起，」她說，「我只是想確定事情不會……」

他抬起手賞她一巴掌。

「閉嘴！妳給我閉嘴！」

唐尼抖著手，停在她前面。

好像只有這樣，他才不會再次動手，不會打得更重。

瑪姬驚駭地望著他。

「坐下。」蘿絲低聲說。

唐尼似乎沒聽見。

「坐下！」

唐尼抽開身，像軍人一樣地向後轉，大步走回飯廳。

又是一片死寂。

最後蘿絲終於靠向前，「我想知道的是，妳那時在想什麼，瑪姬？妳腦子裡在轉些什麼？」

瑪姬沒回答。

蘿絲開始咳嗽，咳得又沈又重，然後她穩住自己。

「我的意思是，妳認爲他會帶妳走還是什麼？帶妳和蘇珊走？把妳們從這裡帶走嗎？

「告訴妳吧，那是不可能的，他不會帶妳們去任何地方，小女孩，因爲他根本不在乎，如果他在乎的話，看煙火時他就會行動了，但是他沒有，對吧？

「那麼還有呢？妳心裡在想什麼？

「妳以爲也許我會怕他嗎？」

瑪姬交疊手坐著，眼中盡是頑強。

蘿絲笑了笑，喝著啤酒。

接著她也用自己的方式表示頑抗。

「問題是，」她說，「咱們現在該怎麼辦？那個男人，或任何男人，都沒有可以令我畏懼的地方，瑪姬。妳若之前不曉得，希望妳現在懂了。但我也不能讓妳每隔十幾二十分鐘就跑到警察那兒，所以問題來了，現在該怎麼辦？

「如果有地方去，我會把妳送走，相信我，我會的，我不需要愚蠢的小賤人在外頭損壞老娘的清譽。他們付我的錢，根本不夠老娘花工夫矯治妳。他媽的，他們給的那點錢，我能養妳算是奇蹟了！」

蘿絲嘆道：「我得好好考慮這件事。」說完，她站起來到廚房打開冰箱。

「妳回房間去，蘇珊也是，然後乖乖待在裡頭。」

她伸手拿啤酒，接著大笑起來。

「趁唐尼還沒想到再打妳之前。」

她打開啤酒。

瑪姬拉起妹妹的手，帶她回臥室。

「你也是，大衛。」蘿絲說，「你最好回家去。很抱歉，不過我有些事得好好想一想。」

「沒關係。」

「要不要帶罐可樂或什麼的在路上喝？」

我笑了笑，「路上」？我家就在隔壁呀。

「不用了，沒關係。」

「要不要我偷偷給你一罐啤酒？」

她露出往常的調皮眼神，緊張的氣氛頓時化為雲煙，我哈哈大笑。

「那也不錯。」

她扔了一罐給我，我接住啤酒。

「謝啦。」我說。

「甭客氣。」她說，這會兒大夥全笑了，因爲甭客氣是我們之間的暗碼。每次她讓我們小孩子做爸媽不許做的事時，總是說甭客氣。

「我不會客氣的。」我說。

我把罐子塞進襯衫裡，走到外頭。

等我回到家時，琳達正蜷在電視前，看《七海遊俠》片頭的愛德．拜尼斯梳理頭髮，她看起來心情不好，大概是史帝夫今晚沒來吧。

「晚安。」說完我上樓回房。

我喝著啤酒，然後想到瑪姬，不知道該不該幫她忙，這樣會有衝突。她還是很吸引我，我很喜歡她，但唐尼和蘿絲都是我的老朋友，我不確定瑪姬需要援助。畢竟小孩子挨打受罰是家常便飯，只是不知道這件事會如何發展。

*我們現在該怎麼辦？*蘿絲說。

我望著牆上瑪姬的水彩畫，也開始猜想起來。

第二十三章

蘿絲決定從今以後，再也不讓瑪姬獨自出門，除非有她，或有唐尼、威利陪著。瑪姬絕大部分時間都不出門，害我苦無機會問她，有沒有什麼她想做的事，然後再決定要不要幫她。

這事沒有我置喙的餘地，至少我那麼認爲。

我覺得如釋重負。

就算若有所失——失去瑪姬的自信，甚至她的陪伴——我也不是那麼清楚。我知道隔壁的氣氛變得很詭異，但我大概想暫時避開，自己把事情想清楚吧。

因此往後幾天不太見到錢德勒家的人，也覺得很好。我會跟東尼、肯尼、黛妮絲和雀莉兒廝混，有時覺得放心時，甚至會跟艾迪混在一起。

錢德勒家的事在街區傳得沸沸揚揚，所有耳語遲早都會傳回錢德勒家。大家之所以那麼驚訝，是因爲瑪姬把警方扯進來了，那簡直是大逆不道，不見容於大家。你能想像把一個大人——尤其是一個等同於你母親的大人——告到警察那兒去嗎？簡直匪夷所思。

但這件事卻又充滿了可能性，尤其令艾迪若有所思，我猜他是在幻想對付他老爸吧。我們很不習慣「深思熟慮」的艾迪，覺得他更古怪了。

不過除了報警一事，大家只知道——包括我在內——錢德勒家會爲芝麻小事重罰小孩。其實打小孩又不是什麼新鮮事，問題是發生在被大家視爲安全天堂的錢德勒家，而且威利和唐尼也都參與了。饒是如此，大家還是不特別覺得奇怪。

因爲有「突擊」做爲前例。

問題主要還是在於把警察扯進來了。後來艾迪對此做出結論。

「反正蘿絲一點屁事也沒有，對吧。」好個深思熟慮的艾迪。

那倒是眞的，而且奇怪的是，接下來一星期，大夥對瑪姬的感覺也慢慢轉變了，我們從欽佩她的孤注一擲，勇於公然挑戰蘿絲的權威，變成有點輕視她了。她怎麼會笨到以爲警察會跟小孩聯手對付大人？她怎麼會不瞭解，那麼做只會使事情變糟？她怎麼會那麼天眞，那麼信賴別人，那麼蠢到無以復加？

*警察是人民的朋友。*屁啦。我們絕不會有人那麼做，誰會那麼笨嘛。

你幾乎可以爲這理由排擠她，她向詹寧斯先生求助不成，似乎證實了小孩的無能，讓我們顏面盡失。「小孩」一詞因此蒙上全新的含義，像一種不祥的威脅，也許我們向來都知道，只是以前無須多想罷了。他媽的，大人就算把我們扔進河裡，我們也沒皮條，因爲我們「只是小孩子」。我們是財產，我們的肉體和靈魂都屬於父母，那意味著小孩在面對成人世界的威脅時，無所遁逃，那表示絕望、羞辱和憤怒。

彷彿瑪姬辜負了自己，也辜負了我們。

因此我們只能遷怒，把氣都出在瑪姬身上。

我也是，就在那兩三天裡，我的心態變了，我不再擔心她，也完全不去想她了。去他的，我心想，事情要怎麼發展就怎麼發展吧。

第二十四章

遷往地下室。

第四部

第二十五章

那天我終於過去敲門了。沒人應門，可是我站在門廊時，意識到兩件事：一，蘇珊在房裡大聲哭泣，聲音都穿透紗窗了。其二，樓下情況混亂，有家具在地上拖移，還有悶悶的咕噥聲與呻吟，空氣中飄著腐臭味。

這下子事情大條了。

我迫不及待地衝下樓。

兩步併做一步地跳下樓繞過角落，我知道他們在哪兒。

蘿絲站在防空室門口看著，她臉上帶笑，挪到一邊讓我過去。

「她想逃，」蘿絲說，「可是被威利攔下來了。」

他們正在阻攔她，所有人，威利、吠吠和唐尼全撲上去，把她當沙包似地推到水泥牆上，輪番揍她肚子。瑪姬早已沒力氣掙扎了，你只能聽見唐尼揍她時，她用雙臂護住腹部，重重地呼著氣。瑪姬咬緊牙根，眼神堅毅。

霎時間，瑪姬再次成爲那個力抗群敵的女英雄了。

但也只有一瞬而已，因爲我突然瞭解到，瑪姬只能無可奈何地照單全收，逐步敗陣。

記得我當時心想，幸好不是我。

我若是願意，甚至可以加入他們。

這個念頭一起，我就已經擁有欺負她的權力了。

我曾自問，到底是什麼時候開始的？我究竟從何時開始變得那麼昏瞶愚昧？而我總是把問題歸結到那一瞬間。

那種大權在握的感覺。

我從沒想過，那只是蘿絲賦予我的權力，而且也只是暫時性的，因爲當時的感覺實在太眞實了。我在一旁觀看，與瑪姬的距離陡然間拉大到無可跨越。倒不是我不再同情她了，而是我第一次感受到彼此的本質差異。她很可憐，而我沒有。我在這裡受到喜愛，她卻被嚴重貶抑。也許這是無可避免的吧？記得她曾問過我，他們爲什麼要恨我？那時我並不相信她的話，也無法回答她。我是不是遺漏了什麼？也許是瑪姬的缺點造成的，只是我沒看出來？我第一次覺得，瑪姬備受排擠是因爲她活該。

當時我希望是那樣。

如今說來卻滿心慚愧。

現在回想，那純粹是出於一己之私，是我自己對世界的觀感。我曾經想把過錯歸咎於父母的不和，歸咎於自己在永不停息的爭吵中，養成的冷漠態度。但我現在也不相信那一套了，我懷疑自己是否眞正相信過。不管爸媽多麼不和，他們卻非常愛我，甚至遠超過我該得的，這點我很清楚，因此根本與他們無關。

不，事實上，問題在於我自己。我一直在等待這件事，或類似這樣的事情發生。就好像原始赤裸的本能佔據了我，釋放了我，並成爲我的全部。在那個晴麗的夏日早晨，我心中颳起了一股野蠻黑暗的旋風。

我會自問：那時我在恨誰？怕誰？又怕些什麼？

地下室裡，在蘿絲的導引下，我開始明白憤怒、憎恨、恐懼與孤寂都是一觸即發的情緒，只要輕輕撩撥，便可帶來毀滅。

我也發現到，那些情緒能給人勝利的快感。

我看著威利退開一步，頗爲靈巧地用肩膀結結實實地撞她腹部，瑪姬被撞到雙腳離地。

她只能祈禱他們失準，把自己的頭撞到牆上去了，可惜沒人失誤，瑪姬越來越累，她無處可逃，無路可退，只能一路挨打，直到她倒下爲止，她就快撐不太下去了。

吠吠作勢衝過去，瑪姬只得跪下來，免得被撞到腹股溝。

「哭呀，妳他媽的！」威利大叫，他跟其他人一樣氣喘噓噓，他轉頭對我說。

「她不肯哭。」

「她才不在乎。」吠吠說。

「她會哭的。」威利說的，「我會讓她哭出來。」

「她太驕傲了。」蘿絲在我背後說，「驕兵必敗，你們大家都記住了，驕兵必敗。」

唐尼用力撞她。

他是打美式足球的，瑪姬的頭撞到後面磚牆，雙手鬆脫，眼中怒火熊熊。

她沿牆滑下了幾吋。

然後停下來，定在那裡。

蘿絲嘆口氣。

「夠了，男孩們。」她說，「你們沒辦法讓她哭出來的，這回不成。」

她伸手招了招。

「走吧。」

看得出幾個男生還不想罷休，但蘿絲似乎已經很煩了，不想再繼續下去。

接著威利咕噥了幾句笨賤人之類的話，然後一個個從我們身邊走過去。

我是最後一個離開的，我很難把眼神調開。

沒想到竟然會發生這種事。

我看到瑪姬順著牆壁滑下來，蹲坐在冰冷的水泥地上。

我不確定她是否知道我在場。

「咱們走。」蘿絲說。

她關上後邊的鐵門，拉上門子。

瑪姬被丟在黑暗中，關在肉櫃門的後方。我們到樓上喝了可樂，吃了蘿絲拿出來的起司和餅乾，一群人圍坐在餐桌邊。

我還能聽見蘇珊在臥室裡哭泣，現在小聲了些。接著威利站起來打開電視，競賽節目《答對或受罰》開始播放後，就再也聽不到蘇珊的聲音了。

我們看了一會兒。

蘿絲拿出一本婦女雜誌攤在桌前，抽著煙翻看，還一邊喝著瓶裝可樂。

她翻到一張照片——那是張口紅廣告——然後停住了。

「我不懂吔，」她說，「這女的長得很普通嘛，你們瞧？」

她拿起雜誌。

威利看一眼，聳聳肩，然後咬了口餅乾。可是我覺得那女的很美，年紀跟蘿絲差不多，也許稍微年輕點，但很漂亮。

蘿絲搖搖頭。

「我走到哪兒都看得到她，」蘿絲說，「我發誓，到處都是，她叫蘇西．派克，超級名模，可是我就看不出她哪裡紅。也許因爲她的頭髮是紅的吧，男人喜歡紅頭髮的女生，可是他媽的，瑪姬也是紅頭髮，就比這個女的美，你們覺得呢？」

我又去看照片，也同意蘿絲的看法。

「我眞是搞不懂。」她皺著眉說，「瑪姬絕對比她漂亮，漂亮太多了。」

「當然。」唐尼說。

「這世界眞是瘋了，」蘿絲說，「我覺得眞是沒道理。」

她切了一片起司，然後擺到餅乾上。

第二十六章

「跟你媽說，今晚讓你睡我家。」唐尼說，「有件事我想跟你談。」

我們站在楓橋上拿石頭打水漂，溪水清澈潺湲。

「現在談不行嗎？」

「行啊。」

可是唐尼沒說出心裡的話。

我不知道自己爲什麼不想過去睡，也許怕自己會跟他們牽扯得更深吧，或者只是知道媽媽會說什麼——錢德勒家有女生在，去過夜不妥當。

萬一她知道眞相還得了，我心想。

「威利也想跟你談一談。」唐尼說。

「威利也想談？」

「是啊。」

我大笑起來，威利會有心事？那倒得一談。

這事有趣得緊。

「如果是那樣的話，我非去不可了，對吧。」我說。

唐尼也大聲笑了，他在斑駁的陽光下，打出一個連彈三次的長水漂。

第二十七章

老媽很不高興。

「不行。」她說。

「媽，我又不是一天到晚都過去睡。」

「至少最近沒有。」

「妳是指從瑪姬和蘇珊搬進來之後吧？」

「沒錯。」

「拜託，又沒什麼大不了，還不是跟以前一樣，男生睡雙層床，瑪姬和蘇珊睡蘿絲的房間。」

「是錢德勒太太的房間。」

「是啦，錢德勒太太的房間。」

「那錢德勒太太呢？」

「睡沙發，睡客廳的沙發床。有什麼關係？」

「你明知道有關係。」

「不，我不知道。」

「是的，你知道。」

「不，我不知道。」

「怎麼了？」老爸從客廳走進廚房，

「到底什麼事？」

「大衛又想去錢德勒家過夜了。」

媽媽把豆子折斷放進濾鍋。

「啊？去那邊過夜？」

「是的。」

「那就讓他去啊。」爸坐到廚房桌邊打開報紙。

「羅伯特，人家家裡現在有兩個女生。」

「那又怎樣？」

媽嘆口氣，「拜託你別跟我唱反調好不好，羅伯特。」

「唱反調？去你的，」爸說，「讓他去吧。有咖啡嗎？」

「有。」媽又嘆口氣，然後在圍裙上擦手。

我站起來搶在她前面走到咖啡壺邊，把爐火點上。媽看看我，又回頭去撿豆子。

「謝了，老爸。」我說。

「我可沒說你能去。」媽媽說。

我笑了笑，「妳也沒說我不能去呀。」

她看看我爸，然後搖搖頭。「眞是的，羅伯特。」她說。

「嗯。」我爸應了一聲，然後又去看報紙了。

第二十八章

「我們跟她講突擊的事了。」唐尼說。

「跟誰說？」

「蘿絲，我媽媽，要不還會有誰，笨死了。」

我進門時，唐尼一個人在廚房做花生奶油三明治，我猜那是當天的晚餐。流理台上有花生奶油、葡萄果醬的油跡和麵包屑。我好玩地數了數抽屜裡的餐具，還是只有五組。

「你們跟她說啦？」

他點點頭，「是吠吠說的。」

唐尼吃了一口三明治，然後坐到客廳桌邊，我在他對面坐下，木桌上有一條以前從沒見過的半吋煙痕。

「天啊，她怎麼說？」

「什麼都沒說。好奇怪哦，好像她本來就知道，你懂吧？」

「本來就知道？知道什麼？」

「知道所有的事啊，好像沒什麼關係，好像她老早就知道我們在幹那件事了，好像每個小孩都會那樣。」

「你是在開玩笑吧。」

「沒有，我發誓。」

「狗屁啦。」

「我告訴你，她只想知道有誰跟我們玩，所以我就告訴她了。」

「你告訴她了？你把我、艾迪、每個人都招出來了嗎？」

「我說過她不在乎了嘛。喂，你別那麼緊張好不好，大衛？她又沒覺得怎樣。」

「黛妮絲呢？你也跟她講黛妮絲了嗎？」

「是啊，全講了。」

「你有說她沒穿衣服嗎？」

我眞是不敢相信，我向來以爲威利比較笨。我看著唐尼啃三明治，他對我笑了笑，搖搖頭。

「告訴你，安啦。」他說。

「唐尼。」

「眞的啦。」

「唐尼。」

「幹嘛，大衛。」

「你瘋了嗎？」

「沒有啊，大衛。」
「你有沒有想過，萬一怎麼樣的話，我會……」
「你不會怎樣啦，拜託別這麼大驚小怪行嗎？拜託，她是我老媽吔，你沒忘記吧？」
「所以我就應該很放心，讓你老媽知道我們把一個裸體的小女生綁到樹上了嗎？」
他嘆口氣，「大衛，我要是早知道你這麼白癡，就不跟你說了。」
「我白癡？」
「是啊。」這下換唐尼生氣了，他把最後一口黏糊糊的三明治塞進嘴裡，然後站起來。
「你是豬啊，要不然你以爲防空室裡是怎麼回事？現在是怎麼回事？」
我呆呆地看著他，我怎麼會知道防空室裡怎麼回事？誰在乎呀？
接著我懂了。瑪姬在裡面。
「不會吧。」我說。
「就會。」唐尼到冰箱裡拿可樂。
「狗屎。」
他大笑說：「你能不能別再說狗屎？你若不信，自己去瞧瞧，媽的咧，我只是上來吃三明治的。」
我衝下樓，還聽見他在後頭高聲大笑。
外面天色漸黑，因此地下室的燈是亮的，裸露的燈泡懸在階梯下的洗衣機、烘衣機，以及角落抽水機的上方。

威利站在蘿絲後面，防空室的門口。

兩人手裡都拿了手電筒。

蘿絲扭開她的手電筒，像哨站的條子一樣，朝我晃一下。

「大衛來啦。」她說。

威利瞄我一眼，意思是誰理他呀。

我張開嘴，覺得好乾，我舔舔嘴唇，對蘿絲點點頭，然後從門口望進角落。

一開始我還沒意會過來——大概是因爲太突兀，加上是瑪姬，而蘿絲又在那兒的緣故吧。我覺得像在做夢一樣——或像萬聖節玩的某種遊戲，所有人都化了妝，即使知道對方是誰，還是不太認得出來。接著唐尼走下樓，用手拍拍我的肩膀，遞給我一罐可樂。

「懂了吧？」他說，「我就跟你說嘛。」

我眞的懂了。

他們把釘子釘進老威利架在天花板上的橫梁裡——兩根間隔三呎的釘子。

他們割了一條兩倍長的曬衣繩，綁住瑪姬的手腕，然後把繩子纏到兩根釘子之間，再把繩子綁到沈重的工作台桌腳。這樣一來，只要解開桌腳上的繩子，繞著釘子調整鬆緊度，再綁好繩子就成了。

瑪姬站在一疊書上——三本厚厚的紅色世界百科全書。

她的嘴被塞住了，眼睛也蒙上了。

瑪姬光著腳，穿著髒兮兮的短褲和短袖上衣，她拉長身子，露出衣褲之間的肚臍。

瑪姬的肚臍是凹進去的。

吠吠在她面前來回走動，拿著手電筒上上下下地照著她的身體。

瑪姬眼罩下的左臉頰上，有一道瘀傷。

蘇珊坐在一箱蔬菜罐頭上看著，頭髮上綁著藍色絲帶做的蝴蝶結。

我看到角落有一堆毛毯和充氣床墊，才知道瑪姬睡在那兒，我不知道這情形有多久了。

「大家都到了。」蘿絲說。

淡琥珀色的昏光自地下室其他地方射進來，但防空室裡則以吠吠的手電筒為主光，隨著他的走動，陰影搖晃不定，更添鬼魅氣氛。高處唯一的鐵窗，似乎也微微來回移動。兩根支撐天花板的四吋見方木柱，以怪異的角度斜過房間。堆在瑪姬床鋪對面角落的斧頭、鶴嘴鋤、鐵橇和鏟子，似乎互換位置，忽近忽遠而變幻不定。

摔落的滅火器亦在地上爬行。

其實，佔據整個房間的，是瑪姬的影子——她頭往後仰，雙臂張開，搖來晃去的，簡直就是恐怖漫畫的重現。那是《黑貓》裡的吸血鬼，《知名怪獸》裡的景象，是以宗教審判為背景的廉價恐怖歷史小說的場景。這些我們都有收集。

你不難想像會有火炬、怪異的刑具、隊伍，以及裝滿燒炭的火盆。

我簌簌發顫，不是因為冷，而是因為各種可能。

「突擊的規矩是，她得招供。」吠吠說。

「好吧，招什麼？」蘿絲問。

「招出一切，供出祕密。」

蘿絲點點頭笑道：「聽起來不錯，只是嘴裡塞了東西要怎麼招？」

「媽，她不用立刻招啦，」威利表示，「反正等他們準備好後，妳就知道了。」

「你確定嗎？妳要招了嗎，瑪姬？」蘿絲問。

「妳準備好了嗎？」

「她還沒準備好啦。」吠吠堅持說，但他是多此一舉，因爲瑪姬根本沒發出半點聲音。

「那現在怎麼辦？」蘿絲問。

靠在門框上的威利慢慢晃進屋內。

「咱們先抽開一本書。」他說。

威利彎下身，抽掉中間那本書，往後站開。

繩子拉得更緊了。

威利和吠吠雙雙扭開手電筒，蘿絲的還放在一邊沒開。

我看到瑪姬的手腕被緊綳的繩索勒出紅痕，背部微微拱起，短袖襯衫拉高起來。她勉強貼站在剩下的兩本書上，但已經看得出小腿和大腿都拉緊了。她用腳尖站了一會兒，讓自己的手腕稍稍鬆緩，接著身子又軟掉了。

威利關掉手電筒，那樣感覺比較恐怖。

瑪姬只是留在原地輕輕晃著。

「快招，」吠吠說完哈哈大笑，「不，先別招。」他說。

「再抽掉一本書。」唐尼表示。

我瞄著蘇珊，發現她也在盯著。女孩兩手放在大腿的衣服上，表情非常凝重，她目不轉睛地看著瑪姬，但完全看不出心裡在想什麼，或有何感覺。

威利彎腰抽出一本書。

現在瑪姬已經踮起腳了。

但還是沒出聲。

她的腿部肌肉拉得很緊。

「咱們看她能撐多久，」唐尼說，「一會兒之後就會開始痛了。」

「不行，」吠吠說，「那樣還是太便宜她了，咱們抽掉最後一本書，讓她踮著腳尖站。」

「我想先看一陣子，看會發生什麼事。」

其實一點動靜都沒有，瑪姬似乎決定堅持到最後，而且她非常能忍。

「你難道不想給她一個坦白的機會嗎？難道不是這樣玩的嗎？」蘿絲問。

「不行，」吠吠說，「還太早。唉呀，這樣不成，再抽掉另一本書，威利。」

威利照著做。

接著嘴巴被塞住的瑪姬發出聲音了，但只有一聲，像小小的吐氣聲，好像呼吸突然變得困難起來了。她的上衣拉高到胸部下方，我看到她肋骨上的肚皮起伏不定，她的頭向後仰了一會兒，然後又往前倒。

她開始不穩，搖晃了起來。

瑪姬臉色醬紅，肌肉繃得死緊。

我們默默看著。

她好漂亮啊。

隨著拉力增加，伴隨呼吸發出的聲音也越來越頻繁了。瑪姬忍耐不住，雙腿開始發顫，先是小腿，接著是大腿。

她的肋骨上沁出一層薄汗，在腿上泛光。

「我們應該把她衣服脫掉。」唐尼說。

這句話懸盪片刻，就像僵在空中、拚命維持平衡的瑪姬一樣。

我突然覺得頭昏起來。

「沒錯。」吠吠說。

瑪姬也聽到了，她憤怒而害怕地搖著頭，拚命在咽喉裡喊著「不、不、不」。

「閉嘴。」威利說。

她開始試著去跳，扯著繩索，想將繩子從釘子上弄鬆，同時扭來扭去。可是這一切只把自己弄得更痛，連手腕都磨破了。

瑪姬似乎不在意，她死也不肯讓人把她的衣服脫掉。

她不斷奮戰。

不要，不要。

威利走過去拿書砸她的頭。

她跌了回去，嚇到傻了。
我看著蘇珊，她的手還是緊扣在大腿上，但指節已經泛白了。她直直看著姊姊，沒看我們，不斷咬著自己的下唇。
我實在看不下去了。
我清清喉嚨，勉強擠出聲音。
「嗯，呃……各位……聽我說，我覺得好像不能……」
吠吠立即轉身看我。
「我們是經過許可的！」他尖喊道，「眞的！咱們剝掉她的衣服！脫啊！」
我們看著蘿絲。
她站在門口，雙手交疊在腹部上。
一副很嚴厲的樣子，好像在生氣，或正在認眞思考。蘿絲將嘴唇抿成一條細細的直線。眼睛釘在瑪姬身體上。
最後她終於聳聳肩。
「突擊就是這樣玩的，不是嗎？」她說。
防空室比屋子的其他地方涼，甚至比地下室涼，但此時涼意盡去，一股朦朧的滯重感逐漸升起，熱氣冉冉自每個人身上散出，飄在空中，環繞著我們，分隔著我們，卻又將所有人籠罩在一起。你可以從威利緊抓著百科全書，微微傾立的樣子；從吠吠挨上前，以手電筒的光，在瑪姬的臉上、大腿及腹部遊走撫觸的樣子看得出來。我感覺到旁邊唐尼和蘿絲身上散出的熱氣，像某種甜蜜的毒藥般流竄到我身上，那是種心照不宣的默契。

我們就要動手了，我們就要去脫她的衣服了。

蘿絲點燃一根煙，把火柴扔到地上。

煙氣在斗室中裊繞。

「去吧。」她說。

「由誰動手？」吠吠問。

「我來。」唐尼說。

他越過我身邊，吠吠和威利拿著手電筒對準她，我看到唐尼伸手從口袋裡拿出他一向帶在身上的小摺刀，他轉頭看著蘿絲。

「衣服弄破沒關係嗎，媽？」他問。

蘿絲看看他。

「我不用割短褲或其他地方。」他說，「可是……」

唐尼說得沒錯，只有用扯裂或割開的方式，才有可能脫掉她的上衣。

「沒關係，」蘿絲說，「反正我不在乎。」

「咱們看看她是什麼貨色。」威利說。

吠吠哈哈大笑。

唐尼挨近她，亮出刀刃。

「別亂來，我不會傷害妳，可是妳若胡搞，勢必又會挨揍，懂嗎？放聰明點。」

唐尼仔細地解開上衣釦子，把衣服從她身上撥開，似乎羞於碰觸她。唐尼滿臉紅霞，手指十分笨拙，他在發抖。

瑪姬開始掙扎，後來又覺得最好不要。

釦子鬆開的襯衫亂七八糟地掛在瑪姬身上，我看到她底下穿了件白色的棉胸罩。不知為什麼我吃了一驚，大概是蘿絲從不戴胸罩，所以我也以為瑪姬不會戴吧。

唐尼握著筆刀伸出手，將左邊袖子往上割至頸線，他得割破縫線，不過他的刀子很利，襯衫掉到瑪姬身後了。

瑪姬開始哭了。

唐尼走到另一邊，以同樣手法割開右邊的袖子，然後嘶地一聲，快速扯裂縫線，再退開來。

你可以聽見瑪姬輕聲哭泣，並試圖從塞住的嘴中說出「不要，求求你們。」

「別亂踢。」唐尼說。

「短褲呢。」威利說。

短褲拉鍊脫開了一半，他把拉鍊鬆開，將褲子從她臀上拉下來，並一邊將她薄薄的白色內褲往上調整好，然後把短褲從她腿上褪下。瑪姬的腿部肌肉抽抽顫顫的。

唐尼再次退開看著瑪姬。

我們都是。

我們曾看過穿這麼少的瑪姬，她有一套兩件式的泳衣，那個年頭大家都有，連小孩也是。我們見過她穿。

但這個不一樣，胸罩和內褲是貼身私物，應該只有其他女生能看。屋子裡的女生只有蘿絲和蘇珊，但蘿絲卻容許這樣的事，鼓勵這樣的事。我實在無法細究。何況前面還有瑪姬，她就在我們眼前，我所有的思緒和憂慮全被感官的刺激給蒙蔽了。

「妳要招了嗎，瑪姬？」蘿絲柔聲問。瑪姬點頭表示「要」，而且是很急切的「要」。

「不，她才不想招咧，不可能。」他頭頂和前額泛著一層薄汗，威利將汗水拭掉。此時我們全都在流汗，瑪姬流得最多，她的腋下、肚臍凹和整片腹部都閃著汗珠。

「把剩下的也一起脫了。」威利說，「到時也許再讓她招供。」

吠吠咯咯笑著說：「等她當完歌舞女郎後再說吧。」

唐尼踏向前，把瑪姬的胸罩右邊肩帶割斷，然後是左邊，瑪姬的乳房向上微微一彈，罩杯鬆開了。

唐尼本可從後面解開胸罩的釦子，他卻偏偏繞到前面，把刀片伸入兩個罩杯之間的白色細帶子下，然後開始割鋸。

瑪姬哭出聲了。

哭成那樣一定很痛，因爲每次她身體一動，就會被繩子扯住。

刀子很利，但還是花了點時間，接著啪的一聲，胸罩掉下來了，瑪姬的酥胸袒露而出。她的胸部比身體其他部位更白皙，蒼白完美而豐潤，並隨著她的哭泣而顫動，粉棕色的乳頭十分凸長——對我而言——而且頂端幾乎是平的，像是兩座小小的肉丘。我從未見過這樣的東西，立即有觸摸的衝動。

我已進到防空室裡了，蘿絲現在變成在我的背後。

我可以聽見自己的呼吸聲。

唐尼跪到瑪姬前面，手往上伸，乍看之下像是在膜拜。

接著他的手指勾住內褲，將褲子從她臀上緩緩拉到腿上。

接著又是另一項驚奇。

瑪姬的毛髮。

一小撮泛著汗珠，淡金橘色的毛髮。

我看到她大腿上半部的點點雀斑。

看到她兩腿間若隱若現的肉褶子。

我仔細打量她，不知她的酥胸摸起來是何感覺？

她的肉體對我而言是難以想像的，我知道她兩腿之間的毛髮必然很軟，比我的還柔軟，我好想撫觸她啊。她那顫動不已的胴體必然十分溫潤。

她的腹部、大腿、結實雪白的臀部。

慾念在我體內凝聚竄升。

室內瀰漫著性的氛圍。

我感到胯下變硬變重了，我走向前，興奮不已。我走過蘇珊旁，看到目不轉睛的吠吠臉色蒼白，血色盡褪，看到威利的眼睛盯著下邊的那撮毛髮。

瑪姬停止哭泣了。

我回頭望了蘿絲一眼，這時她也走向前，踏進門口了。我看到她的左手撫著自己的右胸，指頭輕輕抓住，然後又鬆開了。

唐尼跪到瑪姬面前抬頭看她。

「招供吧。」他說。

瑪姬的身體開始痙攣。

我可以聞到她的汗香。

她點點頭，她必須點頭。

那是在投降。

「去鬆繩子。」唐尼對威利說。

威利走到桌邊解開繩索，讓瑪姬在水泥地上平站，然後再將繩子綁好。她的頭向前軟倒。

唐尼站起來抽掉嘴塞，我發現那是蘿絲的黃色方巾。瑪姬張開口，唐尼把之前捲起來塞進去的破布抽出來丟到地上，並把方巾放到他牛仔褲的後袋裡，方巾的一角微微露出，使唐尼看起來像個農夫。

「你能不能……？我的手臂……」她說，「我的肩……好痛。」

「不行，」唐尼說，「就這樣而已，只能鬆開這麼多了。」

「招供吧。」吠吠說。

「告訴我們，妳是怎麼自慰的。」威利說，「妳一定有把手指放進去吧？」

「不。告訴我們梅毒的事。」吠吠大笑說。

「對吔，淋病。」威利咧嘴笑說。

「快哭。」吠吠說。

「我已經哭過了。」瑪姬說，看得出她不那麼痛後，又稍稍恢復之前的頑強了。

吠吠只是聳聳肩，「那就再哭一遍。」

瑪姬沒答腔。

我注意到她的乳頭已經鬆軟下來了，變成平滑絲亮的粉紅色。

天哪！她好美。

瑪姬似乎讀透了我的心意。

「大衛在這裡嗎？」她問。

威利和唐尼看著我，我無法回答。

「在。」威利說。

「大衛……」瑪姬開口了，卻無法把話說完，但她並不需要，因爲從她說話的方式，我就懂了。

她不希望我在場。

我知道原因，這令我非常慚愧，就像瑪姬之前也令我羞愧不已一樣。可是我無法離開，因爲其他人都在，何況我並不想走。我想看，我需要看。羞恥心遇到了慾望，只能撤守。

「那蘇珊呢？」
「也在。」唐尼說。
「天啊。」
「管他的，」吠吠說，「誰鳥蘇珊啊？妳不是要招供嗎？」
瑪姬用不耐煩且非常成人的語氣說：「招供是很無聊的事，我沒什麼好坦白的。」
我們全都被堵死了。
「我們可以再把妳吊起來。」威利說。
「我知道。」
「我們可以用皮帶抽妳。」吠吠說。
瑪姬搖頭道：「拜託你們，別再來煩我了，讓我一個人。我沒什麼要招的。」
沒人料到會變成這樣。
一時間，大夥只是愣愣站著，等著誰先開口，講點能說服她，讓她按遊戲規則玩「突擊」的話。或強迫她，甚至讓威利再把她吊回去，反正任何能讓突擊繼續進行下去的方法都行。
可是在那片刻裡，氣氛已然丕變，若想恢復過來，勢必得從頭再來一遍。我想大家都知道，危險緊張的刺激感突然不見了，瑪姬一開始說話後，便消失無蹤了。
關鍵就在那兒。
她一開口，便又成為瑪姬，而不再只是某個美麗裸體的受害者了。瑪姬是一個聰明有腦、勇敢直言的人。

把布塞拿掉眞是失算。

眾人鬱卒不已，氣惱又挫敗。我們只能杵在那裡。

蘿絲率先打破沈寂。

「我們可以那麼做呀。」她說。

「怎麼做？」威利問。

「照她的話，讓她一個人自己去想想，我覺得那樣也很好。」

我們想了一會兒。

「好吧。」吠吠說，「讓她在黑暗裡，吊在那裡靜一靜。」

我心想，那也是一種重新開始的方式。

威利聳聳肩。

唐尼看著瑪姬，我知道他並不想走，因爲他目不轉睛地望著她。

唐尼抬起手，猶豫地慢慢探向瑪姬的胸部。

霎時間，我似乎成爲他的一部分，感受到自己的手也伸在那兒，就要摸到她了，我幾乎可以感覺到她溼滑溫熱的皮膚。

「呃，」蘿絲說，「不可以。」

唐尼看著她，停下手，僅差幾吋就摸到瑪姬的酥胸了。

我吸了一口氣。

「不准你碰那女孩。」蘿絲表示，「我不准你們任何人碰她。」

唐尼垂下手。

「像她這樣不乾不淨的女孩，你們的手千萬別沾到她，聽到沒？」蘿絲說。

我們都聽見了。

「是的，媽。」唐尼說。

蘿絲轉身把香煙踩在地上，然後對我們揮手說：「走吧，不過你們最好先把她的嘴塞住。」

我看看唐尼，他看著地上的布塞。

「弄髒了。」他說。

「沒那麼髒。」蘿絲說，「我可不希望她整晚對咱們鬼吼鬼叫，塞回去。」

接著她轉頭對瑪姬說。

「小姐，妳給我好好思考一件事，嗯，事實上有兩件事。第一，吊在那邊的有可能是妳小妹，而不是妳。第二，我知道妳幹過一些壞事，我很想聽妳親口招供，所以這不是小孩子的遊戲。要嘛妳們兩個自己說，要嘛我從別人嘴裡聽到。妳仔細考慮考慮吧。」蘿絲說完轉身離開。

我們聽到她爬上樓梯。

唐尼把瑪姬的嘴塞住。

他本可去摸她，但他沒有。

彷彿蘿絲還在房裡監視著，她的存在遠大於殘留在空中的煙味，即使人不在，卻陰魂不散地纏著她兒子們和我，如果我們敢反駁或違逆她，我們就會永無寧日。

就在那一刻，我明白她的許可是何其厲害的手段了。

這是一場專屬於蘿絲的秀。

所謂的「突擊」根本不存在。

瞭解這點後，我覺得豈止只是瑪姬而已，我們大家全都被剝得赤條精光地吊在那兒了。

第二十九章

我們躺在床上，腦裡盡是瑪姬的身影，大夥都無法成眠。

時間在暖熱的暗夜中無聲悄逝，接著有人談到，威利抽走最後一本書時，瑪姬的模樣，手綁在頭上站那麼久一定很痛，總算看到女生裸體的樣子了，大夥討論一陣子後，又安靜下來，各自懷著心事蒙頭入夢。

可是這些夢裡只有一個主題，瑪姬。被我們扔下不管的瑪姬。

我們終究忍不住，非再見她一面不可。

唐尼一提議，我們就明白其中的風險了。蘿絲叫我們別管她，家裡很小，聲音很容易傳開，而蘿絲又睡在一層薄薄的門外，在蘇珊房裡，防空室的正上方——蘇珊是否像我們一樣躺著睡不著？想著她姊姊？——萬一蘿絲醒來逮到我們，後果就不堪設想了，以後她可能把我們全趕出來。

我們已經想像出會有的後果。

但剛才的種種景象太過強烈了，我們需要再確認，才能相信我們真的親臨現場。瑪姬的胴體，她的唾手可得，就像水中女妖的歌聲，不斷向我們召喚。

我們非冒險不可。

當晚月黑風高。

唐尼和我從雙層床上層爬下來，威利和吠吠溜下底下的床鋪。蘿絲的門是關的。

我們躡手躡腳地走過去，吠吠這次終於抑制住竊笑的衝動了。

威利從廚房桌上拿起一根手電筒，唐尼輕輕打開地下室門。

樓梯嘎吱作響，我們除了祈求好運外，一點辦法也沒有。

防空室的門也會咿呀亂響，但情形並不嚴重。我們打開門走進去，跟瑪姬一樣光腳站在冰冷的水泥地上——瑪姬就在那兒，跟記憶裡的完全一樣，彷彿時間靜止似地，跟想像中的一模一樣。

嗯，也不盡然。

她的手十分蒼白，布滿了青青紅紅的斑點。即使在不均勻的手電筒微光下，仍看得出她的身體血色極淡。她全身起著疙瘩，乳頭突起，色沈實緊。

聽到我們進來，瑪姬發出哼哼唧唧的聲音。

「安靜。」唐尼悄聲說。

瑪姬安靜下來。

我們看著她，就像站在某個神壇前——或像在觀賞動物園裡的珍禽異獸。或二者兼而有之。

如今我常想，如果瑪姬是個醜陋的胖妞，不是長得那麼漂亮，也沒有青春健美的胴體，事情會不會不同？也許不會，也許他們遲早還是會處罰闖入的外來者吧。

可是我覺得，就是因爲瑪姬漂亮又堅強，所以蘿絲和我們這群不美又懦弱的人，才會對她幹出那種事，去擺平那種莫名其妙的不平衡。

「我敢打賭她想喝水。」吠吠說。

她晃著頭。是的，噢是的，求求你們。

「如果我們給她水，就得把布塞拿掉了。」威利說。

「那又怎樣？她又不會亂叫。」

他走向前。

「妳不會亂出聲吧，瑪姬？我們不能把媽媽吵醒。」

不會。她堅定地左右搖著頭，看得出她眞的很想喝水。

「你信任她嗎？」威利問。

唐尼聳聳肩，「如果她敢出聲，也會惹上麻煩，瑪姬又不笨，給她水吧，有何不可？」

「我去拿。」吠吠說。

洗衣機旁有個水槽，吠吠打開水，水聲在我們後面輕輕流動，吠吠異常安靜。

對吠吠而言，也是異常友善。

威利跟先前一樣，把髒污的破布從她嘴中取出來。瑪姬呻吟一聲，開始左右移動自己的下巴。

吠吠用一個舊玻璃水果罐盛滿水。

「我在油漆罐旁邊找到的，」他說，「聞起來不會太臭。」

唐尼從他手上接過水，倒到瑪姬唇邊，她飢渴地喝著，每次吞嚥，喉嚨便咕嚕咕嚕地響，瑪姬一下子就把水喝乾了。

「噢，天哪，」她說，「天哪，謝謝你們。」

那是一種很奇怪的感覺，好像一切都被原諒了，她似乎真的很感謝我們。

沒想到只有一罐水，就有這種神效。

她真的好無助。

不知其他人是否跟我有同感——我好想撫觸她，想到頭都快昏了。我想把手放到她身上，看看她到底摸起來是什麼感覺。乳房、臀部、大腿，以及兩腿之間那片金色的捲毛。

越不能做就越想去做。

我覺得自己都快昏倒了，心中強烈地拉鋸著。

「還要喝嗎？」吠吠問。

「可以嗎？拜託你了。」

他衝到水槽邊，又弄了一罐水，把水交給唐尼，瑪姬又把水喝光了。

「謝謝，謝謝你們。」

她舔著乾裂的嘴唇。

「你們……你們可不可以……?繩子……我眞的很痛。」

看得出繩子弄痛她了，即使她的腳踏實在地板上，瑪姬還是被吊得很緊。

威利看看唐尼。

然後兩人一起回頭看我。

我一時間不知如何是好，他們何必在乎我的想法?他們好像希望能從我這裡看到什麼，又不確定找得到。

反正我點點頭。

「應該可以吧。」唐尼說，「鬆開一點，不過有個條件。」

「什麼條件都行，是什麼?」

「妳得答應不掙扎。」

「掙扎?」

「妳得答應不發出任何聲音或做任何舉動，妳得保證不會掙扎，且事後不跟任何人說，任何時間都不許跟任何人說。」

「說什麼?」

「說我們碰了妳。」

唐尼終於說了。

那是我們在樓上寢室一直夢想的事，我其實不該訝異，但我眞的吃了一驚，幾乎沒辦法呼吸。我覺得房裡每個人都能聽見我的心跳。

「碰我？」瑪姬問。

唐尼滿臉醬紅，「妳知道的。」

「噢，天哪。」她說，然後搖著頭，「噢，天啊，拜託好不好。」

她嘆口氣，然後考慮了一會兒。

「不行。」她說。

「我們不會傷害妳或幹嘛啦，」唐尼說，「只是摸一摸而已。」

「不行。」

她似乎衡量考慮過了，無論發生什麼，她就是辦不到，所以對此事言盡於此。

「眞的，我們不會亂來。」

「不行，不許你們摸我，任何人都不行。」

瑪姬這下生氣了，唐尼也是。

「反正我們還是可以摸妳，媽的。誰能來阻止我們？」

「我。」

「怎樣阻止？」

「只要你們敢碰我一下，只要有一個人敢碰，我不僅會告發你們，還會尖叫。」

她絕對沒有唬人，瑪姬放聲尖叫，她豁出去了。

瑪姬贏了。

「好好好，」唐尼說，「好吧，那我們就不管繩子了，而且還把布塞回去，就這樣。」

瑪姬都快哭了，但她絕不肯向唐尼投降，這件事不成。她恨恨地說。

「好啊，把我的嘴塞住，你動手吧。走開，滾開這裡！」

「我們會的。」

他對威利點點頭，威利拿著布塞和圍巾走向前。

「張開。」他說。

她猶豫了一會兒，然後張開嘴，威利把布塞回去，用圍巾纏住，而且綁得比之前還緊。

「咱們已經約好了，」唐尼說，「妳喝到水了，不過當我們沒來過，明白了嗎？」

她點點頭，你很難一絲不掛地吊在那邊，同時還要維護尊嚴，但瑪姬辦到了。

你不得不佩服她。

「很好，」唐尼說完轉身準備離去。

我想到一個點子。

我伸手拉住走過去的唐尼。

「唐尼？」

「幹嘛？」

「這樣吧，咱們給她一點喘息，只要一下就好，咱們只需把工作桌往上推一兩吋，蘿絲不會注意到的。我是說，你看看她，難道你要她肩膀脫臼什麼的嗎？離早晨還很久，你懂我意思嗎？」

我的說話聲大到瑪姬能夠聽見。

唐尼聳聳肩，「我們已經給她選擇了，是她自己不要的。」

「我知道。」我靠向前，衝他一笑，低聲說：「可是她有可能會覺得感激，你知道嗎？也許下回她會記得哩。」

我們推著桌子。

事實上我們是半抬半推的，免得發出太多聲音，我們三人加上吠吠，抬起來不算太吃力。等搬好後，瑪姬也許輕鬆了一吋，剛好足夠讓她的手肘稍微彎曲，比她剛才那一大段時間的情形好多了。

「再見。」我關上門時輕聲說。

她在黑暗中點點頭。

我覺得自己像個反叛者，對兩方而言都是。

我夾在中間兩面斡旋。

這點子太棒了。

我很以自己爲傲。

我覺得自己聰明善良，心中十分興奮。我幫她忙，有天必能有好報，我知道有一天她會讓我摸她的，結果一定是那樣。也許別人摸不得——但只有我可以。

她會讓我摸的。

所以我低聲說：「再見了，瑪姬。」
好像她會感謝我。
我眞是頭殼壞掉，發瘋了。

第三十章

早上我們下去時，蘿絲已經幫她鬆綁，並帶了換洗衣物，還有一杯熱茶及一些沒塗奶油的白吐司。我們到時，瑪姬正交疊著腿，坐在空氣墊上吃喝。

穿上衣服，鬆了綁，布塞和眼罩都拿下來的瑪姬，已無太多神祕感可言了。她看來蒼白憔悴，疲累而難過。你很難記起那個驕傲的瑪姬，或她前一日所受的苦難了。

瑪姬吞嚥得十分辛苦。

蘿絲像母親一樣地站在她面前。

「把吐司吃了。」她說。

瑪姬抬頭看著她，然後低頭看看自己腿上的紙盤。

我們可以聽到樓上電視播放著競賽節目，威利的腳步在地上拖行。

外頭在下雨，我們也聽得到雨聲。

瑪姬咬了口麵包皮，嚼了老半天，等嚼到細如唾液後才吞下去。

蘿絲嘆口氣，看瑪姬咀嚼，對她似乎是種天大的折磨。她雙手扠腰，兩腿分立，看起來就像《超人》片頭裡的喬治·里維。

「繼續吃，再多吃點。」她說。

瑪姬搖搖頭，「太……我沒辦法，我的嘴太乾了，我可以等一下，晚點再吃嗎？我先喝茶。」

「我可不會浪費食物，瑪姬，食物很貴的，那片吐司是我幫妳烤的。」

「我……我知道，只是……」

「妳要我怎樣？把它丟掉嗎？」

「不是，妳能不能把吐司留在這裡？我待會兒再吃。」

「到時就硬掉了，妳應該趁現在新鮮吃，否則會長蟲，招惹蟑螂、螞蟻，屋子裡不許有蟲。」

眞可笑，因為房裡已經有好幾隻蒼蠅在飛來飛去了。

「我很快就會吃的，蘿絲，我保證。」

蘿絲想了一下，調整自己的姿勢，將雙腿收攏，兩手疊到胸前。

「瑪姬，甜心。」她說，「我要妳現在就吃，這對妳有好處。」

「我知道，只是我現在很難吃得下去，我先喝點茶好嗎？」

她將馬克杯遞到唇邊。

「本來就不容易，沒人說很容易呀，」蘿絲大笑說，「妳是個女人哪，瑪姬，那很困難的——並不容易。」

瑪姬抬頭看著她，然後點點頭，慢慢地喝。

唐尼、吠吠、威利和我穿著睡衣站在門口看著。

我肚子有點餓了，但蘿絲或瑪姬都沒注意到我們。

蘿絲看著她，瑪姬也盯著蘿絲，一邊小心翼翼地小口啜茶，因爲茶還在冒熱氣。外頭風雨飄搖，接著抽水機隆隆作響一會兒後又停住，瑪姬仍在喝茶，蘿絲只是看著。

接著瑪姬低下頭，享受地吸著茶水暖香的熱氣。

然後蘿絲就爆發了。

她大手一揮，打掉瑪姬手裡的馬克杯，杯子在洗白的煤渣磚牆上撞成碎片，尿褐色的茶水流了下來。

「快吃！」

她用手指戳著吐司，吐司差點從紙盤上滑下來。

瑪姬抬起雙手。

「好！好！我吃！我馬上就吃，可以了嗎？」

蘿絲向她逼近，兩人鼻子都快碰上了，就算瑪姬想吃也沒辦法——除非她把吐司推到蘿絲臉上，但那絕非明智之舉，因爲蘿絲正在氣頭上。

「妳把老威利的牆毀掉了，」她說，「妳去死啦，妳把我的馬克杯摔碎了，妳以爲馬克杯很便宜嗎？妳以爲茶很便宜嗎？」

「對不起。」瑪姬將吐司撿起來，可是蘿絲還是貼得很近。「我吃，可以嗎？蘿絲？」

「妳他媽的最好給我吃。」

「我正要吃。」

「妳把威利的牆弄髒了。」
「對不起。」
「誰來清理？誰來清理那面牆？」
「我會清理，對不起，蘿絲，眞的對不起。」
「操你媽的，小姐，妳知道誰會去清嗎？」
瑪姬沒回答，她不知道該說什麼，蘿絲似乎越來越火了，什麼都無法令她息怒。
「妳知道誰嗎？」
「不……不知道。」
蘿絲直挺挺地站起來，放聲大吼。
「蘇珊！蘇珊！妳給我下來！」
瑪姬試著站起來，蘿絲又把她按回去。
這回吐司從盤子掉到地上了。
瑪姬伸手去撿，抓住她正在吃的那一塊，可是蘿絲用鞋踩住麵包說。
「算了！妳不想吃就不用勉強了。」
她一把抓住紙盤，剩下的吐司全翻倒了。
「妳以爲我應該幫妳煮飯嗎？妳這個賤人，忘恩負義的東西！」
蘇珊蹣跚地拐下樓，人還沒看到，聲音就先傳來了。
「蘇珊，妳過來這邊！」

「是，錢德勒太太。」

我們讓路給她，她走過吠吠身邊，吠吠彎身行禮，咯咯發笑。

「住嘴啦。」唐尼說。

就一個小女孩來說，蘇珊看起來很有尊嚴，她已打扮整齊，走路莊重而表情嚴肅。

「到桌邊來。」蘿絲說。

蘇珊按她的話做。

「轉過身。」

她轉身面對桌子，蘿絲瞄了瑪姬一眼，然後解下自己的腰帶。

「咱們就是這樣清理牆壁的，」她說，「把牆上的石板清乾淨。」

她轉頭對我們說。

「你們哪個男生過來把她的衣服拉起來，脫掉內褲。」

這是一整個早上，蘿絲對我們說的第一句話。

瑪姬又想站起來了，蘿絲再次將她壓回去。

「咱們來訂個規矩，」她說，「妳只要不聽話、頂嘴或找碴，只要有任何這種情形，大小姐——就由蘇珊替妳頂罪，讓她挨打，妳在一邊看著。咱們先試試看，如果沒效果，再試別的辦法。」

她轉頭對蘇珊說。

「妳覺得公平嗎，蘇珊？姊姊不乖由妳替她償債？」

蘇珊靜靜地哭了。

「不……不公平。」她怨道。

「當然不公平，我又沒說那樣公平。洛菲，你過來這邊，幫我把這個女孩的小屁屁清出來，你們其他男生按住瑪姬，免得她又撒野，或蠢到來惹我。

「她若找你們麻煩，直接揍下去就對了。小心點，別亂摸她，搞不好她長了陰蝨什麼的，天知道那個賤人來我們家之前去過哪些地方。」

「陰蝨？」吠吠說，「是眞的蝨子嗎？」

「算了，」蘿絲說，「照我的話做就對了，你們有一輩子的時間慢慢學著認識妓女和陰蝨。」

就跟上次的情形一樣，但這回瑪姬在場，而且懲罰的理由十足可笑。

但那時我們已經習慣了。

吠吠將蘇珊的褲子拉到支架上，這次甚至不用人按，蘿絲一口氣快速抽完二十下，蘇珊在老威利用來防原子彈的防空室裡又哭又叫，小屁股火速轉紅——剛開始聽到妹妹的嚎哭和鞭打聲時，瑪姬還試著掙扎，可是威利抓住她的臂膀扭到背後，將她的臉按到氣墊上，她只能拚命呼吸，無力營救妹妹。蘇珊淚流滿面，瑪姬亦不遑多讓，淚水沾溼了骯髒的床墊。唐尼和我穿著皺巴巴的睡衣，只是站著旁觀聆聽。

打完後，蘿絲往後退開，將腰帶繫回去，蘇珊艱難萬狀地彎下身，支架卡嗒作響，她把褲子拉上來，然後將洋裝撫平。

威利鬆開瑪姬，走開去了。

蘇珊轉向我們，瑪姬從床墊上抬起頭，姊妹兩人四目交會，似乎心意相接，淚眼中瞬時泛出了平靜，一股悲傷但奇異的平靜。

我覺得十分不安，也許她們並沒有比我們大家堅強。

我再次意識到，事態變得比以前更嚴重了。

接著瑪姬的眼神飄到蘿絲身上，於是我明白自己爲何不安了。

瑪姬的眼神透著凶光。

蘿絲也看到了，忍不住從瑪姬身邊退開一步。蘿絲瞇著眼掃視房間，最後看到豎放在房間角落的鐵器家族——鶴嘴鋤、斧頭、鐵橇和鏟子。

蘿絲笑道：「瑪姬好像在生我們的氣呢，孩子們。」

瑪姬沒接話。

「哼，我們都知道她生氣也沒屁用，不過咱們還是把那邊的東西拿掉，免得她動歪腦筋，說不定她眞的會蠢到去試。把東西搬走，你們離開時把門鎖上。

「對了，瑪姬，」她說，「妳的午餐和晚餐都甭吃了，祝妳有個美好的一天。」

蘿絲轉身離開房間。

我們看著她走。蘿絲的步履有些搖晃，彷彿喝了酒，但我知道她沒有。

「還要把她綁起來嗎？」吠吠問威利。

「你敢。」瑪姬說。

威利輕哼道：「少在那邊裝酷耍狠，瑪姬，妳知道我們隨時可以把妳綁起來，而且妳別忘了蘇珊在這裡。」

瑪姬憤憤地瞪著他，威利聳聳肩。

「也許待會兒吧，吠吠。」說罷威利去拿斧頭和鏟子，吠吠拿起鶴嘴鋤和鐵橇，跟在他後頭。

他們討論東西拿出防空室後該往哪兒擺，地下室有時會淹水，所以很可能會生鏽。吠吠想把它們掛到天花板的支架上，唐尼建議用釘子掛到牆上，威利說算了，把它們放到鍋爐邊，隨便它們生鏽。最後唐尼贏了，大夥在烘衣機邊，老威利的二戰軍用小提箱裡找槌子和釘子，那提箱現在拿來當成工具箱了。

我看著瑪姬，我必須鼓足勇氣才有辦法看她，大概是覺得她會恨我吧。我既害怕，又希望她能來恨我，因爲至少這樣我能確定自己的立場。我已經知道扮兩面人很吃力了，可是我看不到一絲恨意，瑪姬的眼神堅定冷靜，不帶一絲情緒。

「妳可以逃啊。」我輕聲說，「也許我能幫妳。」

她笑了笑，但笑得並不甜美。

「你希望從中得到什麼好處，大衛？」她問，「你心裡有數嗎？」

那一刻裡，她聽起來確實很像蘿絲所說的蕩婦。

「沒有，我什麼也不想要。」可是我被她說中了，臉色一紅。

「眞的？」

「眞的眞的，我什麼都不想要。我是說，我不知道妳可以去哪裡，但至少妳可以逃走。」

她點點頭，看著蘇珊，接著語氣一變，以極爲理性成熟的聲音說。

「我可以逃，但她沒辦法。」

蘇珊突然又哭起來了，她望著瑪姬，一會兒後晃過來親吻姊姊的唇、臉頰，然後又去吻她的唇。

「我們會想辦法的，」她說，「瑪姬？我們會想辦法的，好嗎？」

「好。」瑪姬說，「好的。」

她看著我。

姊妹兩人擁抱完後，蘇珊朝我走過來，站在門邊，她拉起我的手。

然後我們一起再將瑪姬鎖起來。

第三十一章

後來，我打消幫助她的念頭了，離得遠遠地。

在這種情況下，我只能做到這樣。

有些畫面揮之不去。

瑪姬在摩天輪上大笑，我們並肩躺在溪邊的巨石上，她頭戴大草帽，穿著短褲，拿著水管在花園裡工作，以及在操場上快速地跑壘。然而最常出現的，卻是瑪姬痛苦脆弱地裸身對我袒露的畫面。

另一方面，我又看到了威利和唐尼把她當沙包打。

我看到那張因為無法吞嚥吐司而被壓在氣墊上的嘴。

那些畫面充滿矛盾，令我惶惑不已。

我一邊猶豫著該怎麼做，一邊藉口這星期下雨，天氣太差，而盡量迴避。

那個星期我見到唐尼兩次，其他人則連個影子都沒看見。

第一次看到唐尼時，我正在倒垃圾。穿著運動衫的唐尼把衣服拉到頭頂上，衝進下午灰濛濛的細雨裡。

「你猜怎麼著，」他說，「今晚沒水。」

沒水？已經連下三天雨了。

「呃？」

「瑪姬啦，笨蛋。蘿絲今晚不讓她喝半滴水，得等到明天早上。」

「爲什麼？」

他笑了笑，「說來話長，稍後再告訴你。」

說完唐尼便跑回屋裡了。

第二次見到他是幾天後的事了。天晴了，我正要騎我的四段變速車去雜貨店裡幫媽媽買東西，這時唐尼騎著他的爛車從車道上繞到我後頭。

「你要去哪？」

「去雜貨店，我媽需要牛奶和有的沒的，你呢？」

「去艾迪家。待會兒在水塔那邊有比賽，英勇隊對公羊隊，要不要我們等你？」

「不用了，」我對小聯盟的比賽沒興趣。

唐尼搖搖頭。

「我得出來透透氣，」他說，「那玩意兒快把我逼瘋了，你知道他們現在叫我做啥嗎？」

「啥？」

「把她的糞盆拿到後院去倒。你相信嗎？」

「我不懂，爲什麼？」

「現在她都不許上樓了，不能上廁所，什麼都不能做。所以那小賤人就拚命憋，可是再厲害，偶爾也得拉屎拉尿吧，所以就該我倒楣啦！你相信嗎？吠吠幹嘛就不能做？」他聳聳肩，「可是媽說，得由我們大男生去倒。」

「爲什麼？」

「我哪知啊？」

他離開車道。

「喂，你確定不要我們等你嗎？」

「不用了，我今天不去了。」

「好吧，再見，沒事過來玩，嗯？」

「好的，我會。」

不過我沒去。那時沒去。

那感覺好遙遠，我連瑪姬上廁所的樣子都無法想像了，遑論是使用得由別人拿去後院傾倒的糞盆。萬一我過去，而他們還沒清理呢？萬一我得在地下室聞她的屎尿味呢？眞噁心，她令我作嘔，那絕不是瑪姬，是另外一個人。

那個新的畫面困擾著我，問題是，我無人可訴，無人能爲我解惑。

如果你跟街區的小鬼談，大家都知道他們家地下室有狀況——有些人不是很清楚，有的人則知之甚詳，可是沒有人對此事有任何意見。這件事就像一場暴風雨或日落，是自然狀態，是一件偶爾會發生的事。討論夏日的驟雨是沒有意義的。

我知道身爲男生，有問題應該跟自己的父親討論。

所以我就去試了。

現在我比較大了，偶爾會花點時間，到鷹巢幫忙進貨打掃之類的工作。我用磨石和蘇打水清理廚房的烤架，在烤架放涼時，拿著磨石，把蘇打水溶落的油脂推到旁邊溝槽裡——我一天到晚看到瑪姬幹這類苦工——最後我終於開口了。

老爸正在做鮮蝦沙拉，他把麵包弄碎放進沙拉裡，讓沙拉看起來更豐富。

酒送到了，從吧台和廚房間的隔窗，可以看到老爸的日班酒保胡迪，他正在清點訂購單上的箱數。胡迪跟運貨工人為了幾箱伏特加起了口角，那是本店的招牌酒，運貨工人顯然少送了，令胡迪很不開心。瘦巴巴的胡迪是喬治亞人，脾氣火爆到大戰期間，有半數時間都關在禁閉室裡。運送工人氣得臉紅脖子粗。

老爸興味盎然地看著好戲，除了胡迪外，沒人在乎少送兩箱酒，反正只要老爸沒白花錢就行了。可是胡迪的火氣大概激刺到我了。

「爸，」我說，「你有沒有見過男生打女生？」

老爸聳聳肩。

「當然看過，」他說，「應該有吧，小孩子啦，喝醉酒的人啦，我看過幾次。怎麼啦？」

「你覺得那樣做……OK嗎？」

「OK嗎？你是指那樣做對嗎？」

「嗯。」

他大笑說：「這很難回答。女人有時候眞的會讓人抓狂，一般來說，男生打女生是不對的。我的意思是，應該有比打人更好的解決辦法吧，而且女人眞的比較脆弱，那不就是在欺負她們了嘛。」

他拿圍裙擦手，然後笑了笑。

「問題是，我必須說，有時我也看過一些很欠揍的女人。在酒吧工作，多少會看到那種事。有的女人喝多了酒，就滿口髒話，大聲嚷嚷，甚至對同行的男人動手動腳，你說他該怎麼辦？乖乖坐在那兒嗎？只好給她來一下嘍。那種行爲一定得立刻制止才行。

「不過例外的情形不能算數。你絕對不能打女生，絕對不可以——千萬別讓我逮到你打女生，因爲要是被我看見，你就完了。不過有時候，你也沒辦法啦，被逼急了嘛，懂嗎？這種事是雙方的。」

我渾身冒著汗，多數是因爲老爸一席話的關係，只是我可以拿工作來當藉口。

老爸開始去拌鮪魚沙拉，裡面也混了麵包屑，還有醃菜。隔壁房的胡迪把送貨工人趕回貨車，去找短少的伏特加了。

我試著釐清老爸的話：絕對不可以打女生，但有時候可以。

被逼急的時候。

那句話緊烙在我心頭，有時瑪姬是否把蘿絲逼急了？她是否做了一些我沒看到的事？

那到底算是「絕對不可以」還是「有時候可以」？

「你幹嘛問？」老爸說。

「不知道，」我說，「有些朋友在討論。」

他點點頭，「最好的辦法就是別出手，不管是男的或女的，這樣才不會惹麻煩。」

「是的，老爸。」

我又在烤架上倒了些蘇打水，然後看著它冒泡。

「不過聽說艾迪的爸爸會打郭克太太，而且也會打黛妮絲和艾迪。」

老爸皺起眉頭，「是的，我知道。」

「你的意思是，那是眞的嘍。」

「我可沒說是眞的。」

「但是眞的，對吧？」

他嘆口氣說：「聽好了，我不知道你為什麼會突然對這種事感興趣，不過你應該夠大了，可以理解了……就像我之前說的，有時候人被逼急了，男人覺得受到冒犯，就會做出……做出他知道自己不該做的事。」

爸說得對，我的確大到可以理解，也聽出其中的弦外之音了。就像外頭胡迪對運送工人的吼叫聲一樣清楚。

老爸曾經為了某些原因，打過我母親。

我甚至隱約記起在沈睡中被吵醒，聽到家具碎裂聲、吼叫與巴掌聲。

那是很久以前的事了。

我忽然對爸爸生起氣來。我看著他壯碩的身體，想到我的母親，接著冷漠又逐漸佔據我的心，那種孤立而安全的感覺。

也許這些話應該去跟我母親談，她會知道那種感覺，知道其中的意義。可是我辦不到，就算她當時在場也不行，我沒試著去問。

我看著老爸拌完沙拉，又用白棉圍裙擦手。以前我們常開玩笑說，衛生署最恨這種圍裙了。接著老爸開始用他剛買來、十分引以爲傲的電動切肉刀去切臘腸，我把廢油推進溝槽裡，直到烤架亮潔如新。

結果什麼問題也沒解決。

不久我就回家去了。

第三十二章

吸引我回去的，是瑪姬那個令人魂牽夢縈的胴體。

它引發我無限遐思，夜以繼日，有的溫存、有的狂暴——有些則十分可笑。

夜裡我躺在床上，將電晶體收音機藏到枕下，聽著丹尼合唱團的《高峰上》。我閉著眼，看到瑪姬跟一名隱形的舞伴跳著吉魯巴，她是少年收容所中，唯一全身只穿著白色低捲短襪跳舞的女孩，其他什麼都沒穿。她非常習慣裸露，好像剛買下國王的新衣。

或者我們會面對面坐著玩大富翁，我走到精華地段，然後她站起來嘆口氣，開始把薄薄的白棉內褲脫掉。

不過更常見的情形是，收音機播著五黑寶合唱團的《黎明時光》等歌，然後瑪姬便一絲不掛地躺在我懷裡，兩人在深藍色的星光下親吻了。

有時幻想會變成「突擊」——那就一點都不好玩了。

我覺得緊張難安。

覺得必須親自過去看看，又害怕去了會看到什麼不該看的。

連老媽都注意到了，當我從餐桌上跳起來打翻水，或晃到廚房拿可樂時，常發現老媽滿臉狐疑地抿著嘴看著我。

也許那是我不跟她提的原因之一，或許只因爲她是我母親，是個女人。

我還是去錢德勒家了。

我去時，事情又變了。

我自己摸進門，一進去就聽到蘿絲在咳嗽，接著是低聲的交談，她大概是在跟瑪姬說話吧。蘿絲從來不會用那種語氣跟我們講話，感覺像老師在指導小女孩。我走下樓。

他們已經裝上工作燈，電線從洗衣機上的插頭，拉到老威利橫梁上的鉤子上。加了燈罩的燈泡懸懸盪盪，發出明亮的光芒。

蘿絲坐在摺疊椅上，這是他們放在地下室舊牌桌的附椅。蘿絲背對我，正在抽煙，地上到處都是煙蒂，看來她已經待了一陣子。

男生都不在。

瑪姬穿了一件褶邊黃洋裝站在她面前，你很難想像她會穿這種衣服，我猜是蘿絲的，衣服舊了，而且看得出不是很乾淨。衣服有篷篷的短袖和整片打褶的裙子，因此瑪姬的臂膀和腿都沒有遮掩。

蘿絲穿了一件類似的藍綠色洋裝，但更樸素，沒有太多的荷葉邊和裝飾。

除了香煙味外，我還聞到樟腦丸的味道。

蘿絲不停地說話。

乍看之下，你會以爲她們是姊妹，體重差不多，但蘿絲更高，也更瘦。兩個人的頭髮都有點出油了，也都穿著發臭的舊衣服，好像兩人正在爲派對試衣服似的。

但蘿絲只是坐在那兒抽煙。

瑪姬則貼著老威利四吋見方的支柱，兩手被緊緊綁在背後，連腳也綁起來了。

她嘴裡塞了布塞，但眼睛沒蒙上。

蘿絲說：「我在妳這種年紀時，一心追求上帝，眞的。我去城裡每間教堂，浸信會、路德教會、英國國教、衛理公會，什麼都去。我甚至到聖馬提斯參加連續九天的祈禱會，坐在放風琴的樓廳裡。

「不過那是在我瞭解女人的眞意是什麼之前的事了。妳知道是誰教我的嗎？我媽媽。

「當然啦，她並不知道她在教我，不像我這樣，按自己的經驗來教妳。

「妳要知道，我爸媽給了我一切——所有女孩希望擁有的東西，我以前都有。當然啦，上大學這件事除外，反正那個年頭女生都不上大學的。不過我爸拚命工作養家，願他安息，而我媽和我，我們什麼都有，可是威利並不是這樣對我。」

她用煙屁股點燃一根新煙，然後把殘煙扔到地上。蘿絲大概沒發現我就在她身後，要不就是她根本不在乎，因爲瑪姬雖然怪里怪氣地望著我，我走下老舊的樓梯時，也照例地嘎吱亂響，但蘿絲並沒有轉過頭來，或停止談話，連點煙時都沒有，只是一直不停地在煙霧中絮叨叨。

「可是我爸跟威利一樣愛喝酒。」她說，「我聽見他夜裡回來，直接殺到床上，像騎馬一樣地壓到我母親身上。我聽見他們在樓上起起伏伏，我媽拚命說不要，偶爾還聽到巴掌聲，就跟威利一樣。因爲我們女人會跟我們的媽媽一樣，犯重複的錯，老是對男人低聲下氣。我也有那個缺點，所以才會跟著他留給我的一群兒子挨餓受苦。我沒辦法像戰爭期間那樣，回去工作了。現在工作全給男人佔走了，但我有孩子要養啊。

「噢，威利會寄支票來，但哪裡夠用啊。妳知道的，妳看到了，妳的支票也沒什麼鳥用。

「妳明白我在跟妳說什麼嗎？妳是被詛咒的，我可不是指妳的月經，妳的詛咒比我的還惡毒，我能從妳身上聞出來啊，瑪姬！妳會跟我媽和我一樣，跟到一個會打妳幹妳還逼妳喜歡、讓妳愛上他的愛爾蘭混蛋，然後有一天他就丟下一切，拍拍屁股走人了。

「幹那檔事，問題就出在那兒，妳那又暖又溼的穴，就是妳的詛咒，懂了嗎？夏娃的詛咒，那就是妳的弱點，男人就是這樣制住我們的。

「告訴妳吧，女人都是妓女，是動物，妳一定得瞭解這點，要牢牢記住。女人被利用、被玩弄、被懲罰，女人不過是個長了洞的蠢輸家，一輩子逃不過這宿命。

「我唯一能爲妳做的，就是現在要做的事，我可以把它從妳身上燒掉。」

她點了根火柴。

「看到沒？」

她把火柴丟到瑪姬的黃洋裝上，火柴才碰到便滅了，飄著煙氣落在地上。蘿絲又劃了一根。

「看到了嗎？」

這回她靠向前扔，火柴碰著衣服時還在燃燒，火柴掉到衣褶子裡，柱子邊的瑪姬扭動著，試圖將火柴甩掉。
「像妳這麼年輕健壯的女孩——妳覺得自己聞起來又鮮又香是吧。可是對我來說，妳聞起來有股臭焦味，像個發燒的賤女人。妳被下了咒，又有弱點，妳逃不了啦，瑪姬。」
瑪姬的洋裝被火柴燒了個小黑點，她看著我，布塞下發著聲音。
蘿絲扔掉香煙，扭著腳把煙踩熄。
她離開椅子，彎下腰，點燃一根火柴，房中似乎突然飄著濃濃的硫磺味。
她把火柴遞到衣襬下。
「看到沒？」她說，「妳會很感激我的。」
杜子邊的瑪姬拚命掙扎，衣襬燒焦了，但還未著火。
火柴漸熄，蘿絲將它甩滅，扔到地上。
然後又點了一根。
放到裙襬下剛才已經燒焦的地方，就像電影裡從事實驗的瘋狂科學家。
燒焦的洋裝聞起來像燙衣服的味道。
瑪姬奮力掙扎，蘿絲拉過她的衣服，把火柴湊上去，等衣服著火後，才把衣服放回瑪姬腿上。
我看著細細的火苗開始竄爬。
擴散。
就像吠吠在焚化爐裡燒玩具兵一樣，但這回是眞人活體，瑪姬窒悶的尖叫聲令一切變得眞實。

火燒到她大腿中間了。

我正要過去用手把火撲熄，蘿絲卻伸手把之前放在旁邊地板上的可樂拿起來，往瑪姬的衣服上澆。

她看著我，哈哈大笑。

瑪姬鬆了口氣，全身癱軟。

我的表情大概很驚恐吧，因爲蘿絲一直笑個不停。然後我才發現，她一定知道我在她身後，可是她不在乎，我的偷聽根本無足輕重，她一心一意只想給瑪姬教訓。蘿絲露出一種前所未見的眼神。

後來我也見到過。

而且常常見到。

我的首任妻子在二度精神崩潰後，她「安養院」裡的某些病友，便常有這種眼神。他們說，其中一個人用修剪花草的剪子，把他老婆和寶寶宰了。

那是一種冷漠、空洞、毫無笑容的眼神。一種沒有悲憫、沒有同情的凶惡眼神，就像獵食性動物的眼睛一樣。

蛇一般的眼神。

蘿絲就是那樣。

「你覺得如何?」她說,「你想她會乖乖聽話嗎?」
「我不知道。」我說。
「你要玩牌嗎?」
「玩牌?」
「變色龍或什麼的。」
「好啊。」我心想,玩什麼都行,隨便妳要玩什麼都好。
「玩到那幾個男生回來吧。」她說。
我們上樓玩牌,兩人說的話加起來不到十個字。
我喝了很多可樂,她抽了很多煙。
她贏了。

第三十三章

結果唐尼、威利和吠吠跑去看《變身怪獸》的下午場了，若在平時，我一定會氣死，因爲幾個月前，我們才一起連著看了《少年狼人》和《少年科學怪人》，這部算是續集，裡面的怪物都一樣。他們應該等我，或至少提醒我一下吧。但他們說這集沒有前兩部好看，反正我滿腦子都還在想地下室的事。蘿絲和我玩到最後幾把時，大家談到了瑪姫。

「她好臭，」吠吠說，「她髒死了，我們應該幫她洗一洗。」

我沒注意到任何臭味啊。

只有樟腦味、煙味和硫磺味。

而且吠吠有什麼資格說她。

「好主意，」唐尼表示，「已經有一陣子了，她一定會喜歡的。」

「誰在乎她喜歡什麼啊？」威利說。

蘿絲只是聽著。

「我們得讓她上樓，」唐尼說，「不過她會試圖逃走。」

「得啦，她能去哪兒？」吠吠說，「她能逃去哪裡？反正我們可以綁住她。」

「應該可以。」

「而且我們可以把蘇珊抓起來。」
「嗯。」
「蘇珊呢？」
「在她房裡。」蘿絲說，「我覺得她在躲我。」
「不會吧，」唐尼說，「她一天到晚在看書。」
「她在躲我，我覺得她在躲。」
我還是覺得蘿絲的眼神很怪很亮，別人大概也這麼覺得吧，因爲沒人敢反駁她。
「怎麼樣，媽？」吠吠說，「可以嗎？」
我們的牌打完了，但蘿絲還坐在那邊洗牌，接著她點點頭。
「我想洗個澡應該可以吧。」她淡淡地說。
「我們得把她衣服脫掉。」威利說。
「我來脫，你們沒忘吧。」蘿絲說，
「沒忘啦，」吠吠說，「我們記得，不准碰她。」
「沒錯。」
我看看威利和唐尼，威利一臉不爽，手插在口袋裡，兩腳移來移去，雙肩下垂。
眞白癡，我心想。
唐尼則一副若有所思的樣子，像大人一樣，考慮著該怎麼做，才能用最好、最有效率的方式把這件事做好。

吠吠開心地笑道：「好，咱們去抓她！」

我們一群人浩浩蕩蕩下樓，蘿絲慢慢跟在後頭。

唐尼將瑪姬鬆綁，先是腿，然後是手，他幫瑪姬稍微按摩手腕後，再將雙手擺到她前面。唐尼把布塞拿掉，放進自己的口袋裡。

沒人提到她衣服上的燒痕或可樂的漬斑，雖然你一定會先看到這兩樣東西。

瑪姬舔著嘴唇。

「有東西喝嗎？」她問。

「等一下，」唐尼說，「我們要去樓上。」

「是嗎？」

「嗯。」

她沒問為什麼。

唐尼拉著繩子，領她上樓，吠吠走在前方，威利和我直接跟在後面，蘿絲再次落在後方。

我很注意後邊的蘿絲，她有點不對勁——這點我很確定。她似乎很累、很冷漠，心思飄忽不定。她踏在樓梯上的步履似乎比我的還輕，也比平時要輕，幾乎是無聲的——雖然她走得緩慢而蹣跚，像重了二十磅似的。那時我對心理疾病知之甚少，但我知道自己看到的並不正常。蘿絲令我擔心。

到了樓上後，唐尼讓瑪姬坐到餐桌邊，從廚房水槽幫她倒了杯水。

我先是注意到水槽，裡面堆滿超過一天以上的髒碗盤，大概有兩三天的份吧，就堆在那裡。

接著我也注意到其他事了，我稍稍看了一下周圍。

我不是那種會去挑剔塵埃的小孩，誰會呀？可是我發現這裡好多灰塵，髒得要命，尤其是我後面客廳的茶几上，竟能看到一條條劃過的手印。瑪姬前面桌上有吐司屑，旁邊的煙灰缸像幾十年沒清了，我看到兩根火柴躺在走廊的小地毯上，旁邊是隨手丟棄、揉成一團的香煙盒。

我覺得怪透了，似乎有個東西越來越走樣，慢慢在潰散。

瑪姬喝完水後，又要了一杯。*求求你們*，她說。

「別擔心，」威利說，「妳會有水的。」

瑪姬一臉困惑。

「我們會幫妳清洗。」他說。

「什麼？」

「大家覺得讓妳沖個澡也不錯。」蘿絲說，「妳想洗澡，不是嗎？」

瑪姬猶豫不決，原因很簡單，因爲威利不是那麼說的，威利說的是，我們會幫妳清洗。

「嗯——是的。」她說。

「他們很體貼呢，」蘿絲說，「很高興妳喜歡。」

她像在自言自語，近乎囈語。

唐尼和我互換眼色，他也很擔心蘿絲的情況。

「我想喝啤酒。」蘿絲說。

她站起來走到廚房。

「有人要陪我喝嗎？」

好像沒人想喝，這件事也很不尋常。蘿絲看著冰箱，找了一下，然後又把冰箱關上。

「沒有啤酒了，」她拖著步子回到客廳，「爲什麼都沒人去買啤酒？」

「媽，」唐尼說，「我們不能買，我們是小孩子，人家不賣啤酒給我們。」

蘿絲咯咯笑道：「對哦。」

接著她又轉回來說：「那我改喝威士忌好了。」

她在櫥櫃裡搜出一瓶酒，走回餐廳，拿起瑪姬的水杯，幫自己倒了兩吋的酒。

「我們到底要不要做？」威利問。

蘿絲喝完酒，說道：「當然要。」

瑪姬來回看著我們，「我不懂，」她說，「要做什麼？我還以爲我……我以爲你們要讓我沖澡。」

「我們是啊。」唐尼說。

「不過我們得在旁邊監督。」蘿絲說。

她又喝了口酒，酒精似乎突然在她眼睛後頭燒起來了。

「一定要把妳洗乾淨。」她說。

這時瑪姬明白蘿絲的意思了。

「我不想洗了。」她說。

「誰管妳要什麼。」威利說，「重要的是我們要什麼。」

「妳臭死了，」吠吠說，「妳得沖澡。」

「我們已經決定好了。」唐尼說。

瑪姬看著蘿絲，蘿絲像隻疲倦的獵鳥，躬著背護住自己的酒，盯著她。

「你們爲什麼就不能……給我……一點隱私權？」

蘿絲仰頭大笑，「我看妳整天在下頭，應該已經隱私到煩了吧。」

「我不是那個意思，我的意思是……」

「我懂妳的意思，但答案是，我們沒辦法信任妳，怎麼樣都沒法信任妳。妳會進去裡面，隨便在身上灑點水而已，那樣是洗不乾淨的。」

「不，我不會，我發誓絕對不會。我死都願意沖澡。」

蘿絲聳聳肩，「那妳就去洗吧，而且妳也不必死，對吧？」

「求求妳。」

蘿絲示意要她走開。「現在就把衣服脫了，免得待會兒把我惹毛了。」

瑪姬一個個看著我們，我想她大概發現，讓人監視沖澡，強過根本沒得洗好，於是她嘆口氣道：「我的手。」

「對啊。」蘿絲說，「把她拉鍊拉開，唐尼，然後鬆開她的手，再綁起來。」

「我嗎？」
「對。」
我也有點訝異，我猜蘿絲決定放寬「不准摸她」的規定。
瑪姬和唐尼雙雙站起來，洋裝的拉鍊褪到她背部一半，唐尼解開瑪姬的手，然後又繞到她後面，把衣服從她肩上拉下來。
「至少給我一條毛巾好嗎？」
蘿絲笑了。「妳都還沒弄溼呢。」她說，然後對唐尼點點頭。
瑪姬閉上眼睛，僵硬的站得直挺挺，唐尼拉住褶邊短袖，順著她的臂膀往下脫，露出她的酥胸，然後是臀部和大腿，接著衣服便躺在她腳邊了。瑪姬從衣服中跨出來，眼睛依然緊閉，彷彿只要不看我們，我們就看不見她。
「再把她綁上。」蘿絲說。
我發現我已停止呼吸。
唐尼走到她前面，瑪姬雙手併攏伸過去，唐尼開始綑綁。
「不對，」蘿絲說，「把她的手綁到背後。」
瑪姬立即張開眼睛。
「綁到背後！那樣我怎麼洗……？」
蘿絲站起來，「媽的！妳少對我大小聲！我說綁在背後就綁在背後，若說塞進妳屁眼，妳也得給老娘照辦！休想頂嘴！聽見沒？眞他媽的！操妳的！

「老娘來幫妳洗——就這麼回事。照我的話做，快！」

瑪姬很害怕，唐尼把她的手拉到背後，綁住手腕時，她並沒有反抗。她又閉上眼睛了，只是這次眼睛四周都溼了。

「好，把她押進去。」蘿絲說。

唐尼帶著她穿越窄小的走廊到浴室，我們一群人跟著。浴室很小，不過我們全擠進去了。吠吠坐在髒衣桶上，威利靠著水槽，我站在他旁邊。

浴室對面走廊有個櫥櫃，蘿絲正在裡頭翻找，她找出一雙黃色塑膠手套。

然後把長及手肘的手套戴上去。

蘿絲彎身扭開浴缸裡的水龍頭。

標著「H」——熱水的水龍頭。

她只扭開那個龍頭。

蘿絲讓水流了一陣子。

她用手試探，讓水流過塑膠手套。

她的嘴巴緊緊抿成一條線。

水量很大，冒著蒸氣的熱水嘩嘩地灑在排水孔上。蘿絲把水龍頭切換到淋浴功能，然後一把拉上透明的塑膠浴簾。

熱氣蒸騰。

瑪姬依然閉著眼，淚水從她臉上垂落。

所有人都籠罩在濃濃的蒸氣中。

瑪姬突然心念一動，知道那代表什麼意思了。她張開眼，害怕地往後退，一邊放聲尖叫，可是唐尼已經抓住她一隻手臂，蘿絲抓住另一隻了。瑪姬往後扭著身體抽躍掙扎，嘴裡尖聲喊著「不要，不要」，瑪姬很強壯，她還是很有力。

蘿絲的手被掙脫了。

「去你媽的！」她怒罵道，「妳要我去抓妳妹妹嗎？妳要我去抓妳的寶貝蘇珊嗎？妳要她代替妳挨燙嗎？」

瑪姬用力回身，變得暴怒而瘋狂。

「好啊！」她尖聲大吼，「去啊！妳這賤貨！去抓蘇珊呀！去呀！我再也不在乎了！」

蘿絲看著她，瞇起眼睛，然後看看威利，聳聳肩。

「去抓她。」蘿絲輕聲說。

其實不勞他費事。

威利從我身邊經過時，我跟著轉身，接著便看到威利停下來，因爲蘇珊已經站在走廊上看著我們了，她也在哭。

瑪姬也看到她了。

瑪姬崩潰了。

「不……」她哭道，「不要呀，求求你們……」

大夥無聲地站在濃霧中，聽燙熱的水聲和瑪姬的哀哭，我們都知道接下來會發生什麼事，知道事情會變成怎樣。

蘿絲將浴簾一拉。

「把她押進去。」她對唐尼說，「你自己小心一點。」

我看著他們把瑪姬押進去，蘿絲調整蓮蓬頭，讓燙水慢慢沿瑪姬的小腿、大腿、腹部淋著，最後淋到她胸口，落在她乳頭上。雙手被按在背後的瑪姬奮力想掙脫，水到之處，立即一片紅腫，那是痛苦的顏色——最後我終於受不了她的尖叫。

倉皇逃逸。

第五部

第三十四章

可是我只逃過一次。

後來就沒再逃了。

那天之後，我就像個毒蟲一樣，吸食一種叫「知道」的毒品。知道有什麼可能，知道事情會進展到什麼程度，知道他們敢壞事做絕。

向來都是他們，我只是局外人，或自覺如此。瑪姬和蘇珊兩人是一國，錢德勒家是另一國，我並未直接參與任何事，只有旁觀，從不動手，就這樣而已。只要我維持中間立場，就算自己不全然無辜，也不全然有罪。

就像看電影一樣，有時是恐怖片。當然了——你會擔心男女主角能否渡過難關，但也就只是一部電影罷了。萬一內容太可怕、太刺激，你也可以站起來走出黑暗，將一切拋到腦後。

有時，這部電影會變得頗像六〇年代末期的片子——大部分像外國片——讓人覺得置身於某種迷人而深具催眠作用的朦朧幻影中，畫面飽含層層疊疊的意涵，最後卻又了無意義。演員則個個頂了張撲克臉，面無表情而被動地飄過一個個噩夢般的場景。

就像我一樣。

我們當然會在腦海裡編導電影的內容，同時也在一旁觀賞，所以最後難免會添加一點人物。

於是艾迪．郭克無可避免地，成爲我們的第一位試鏡者了。

那是七月末一個明亮晴和的早晨，瑪姬已經被囚禁三個星期了，我去錢德勒家時，發現艾迪也在。

淋浴事件後幾天，他們讓瑪姬穿著衣服——因爲長了很多水泡，得讓水泡癒合——他們待她還不錯，餵她喝湯吃三明治，要水時就給她喝。蘿絲甚至在氣墊床上鋪了床單，把地上的煙蒂掃掉。威利抱怨牙疼的時間，大概不會比哀嘆日子變得太無聊的時間多。

可是艾迪一來，情況就變了。

我到時，瑪姬還穿著衣服——一條褪色的牛仔褲和上衣——可是他們又把她綁住，塞上布塞，讓她腹部貼住工作桌，兩手各綁在桌腳上，兩腳則一起綁住，垂在地板上。

艾迪脫下一隻布鞋，拿著抽她屁股。

接著他休息一會兒，換威利拿皮帶鞭她的背部、腳和屁股。他們下手毫不留情，尤其是艾迪。

吠吠和唐尼站在一邊看。

我也看著，但只看了一會兒。

我不喜歡艾迪在這。

他做得太帶勁了。

我不斷想起那天，他用牙咬著黑蛇，獰笑著從街上朝我們走來，不斷把蛇對我們丟過來，直到蛇死在街上的情形。

這小鬼會把青蛙的頭咬下來。

這傢伙是那種會瞪著你，拿石頭敲你頭，或拿棍子搗你蛋蛋的人。

艾迪很熱中這種事。

那天天氣很熱，他身上淌著汗，橘紅色的頭髮汗氣直冒，汗水沿著額頭滴落。他跟平時一樣脫掉襯衫，秀出一身健美的體格，身上全是汗味。

他聞起來都是汗水的鹹酸，就像餿掉的肉一樣。

我沒留下來。

我上樓去了。

蘇珊正在廚房桌上玩拼圖，旁邊放了半杯牛奶。

電視竟然沒開，你可以聽見樓下傳來的拍打聲及笑聲。

我問蘿絲在哪裡。

蘇珊說，蘿絲又犯頭痛，躺在臥室裡。她最近經常頭痛。

所以我們坐在那兒，啥都沒說。我從冰箱拿了瓶啤酒，蘇珊的拼圖拼得不賴，已經完成超過一半了。那是喬治．克雷伯．賓漢的畫作，《沿河而下的皮毛商》，上面是一位戴著可笑尖帽的嚴肅老翁，以及一個面容如夢似幻的少年，他們在夕陽下划著獨木舟行往下游，船首還繫了一隻黑貓。蘇珊已經把畫的四周、貓、獨木舟，以及大半部的老人和少年都拼出來了。現在只剩下天空、河流及一部分樹林還沒拼成。

我看著她把一片圖嵌到河上，一邊啜飲著啤酒。

「妳還好嗎？」我問。

她沒抬眼，「很好。」

我聽到防空室傳來笑聲。

她又試了另一片拼圖，但是不合。

「妳會覺得煩嗎？」我指的是樓下的聲音。

「會。」她說，但語氣聽起來不像，反正現實生活就是如此。

「很煩嗎？」

「嗯——」

我點點頭，之後就沒什麼好說了。我看著她，喝著啤酒，不久蘇珊便把少年拼好，開始拼樹林了。

「我沒辦法阻止他們，妳知道吧？」我說。

「知道。」

「艾迪在那裡，這是原因之一。」

「我知道。」

我喝完啤酒。

「如果可以的話，我會阻止的。」我說得有點言不由衷，蘇珊也不太信。

「是嗎?」她說。

這是她第一次抬頭看我，眼神非常成熟而深慮，跟她姊姊好像啊。

「我當然會。」

她皺皺眉，又回去拼圖了。

「也許他們會玩膩。」我一說，便知道自己的話有多遜了。蘇珊沒回答。

不過一會兒後，聲音確實停止了，我聽到上樓的腳步聲。

上來的是艾迪和威利，兩人滿臉通紅，襯衫大開，威利的圓肚腩又白又肥，醜死了。他們沒理我們，逕自走向冰箱。我看著他們開了瓶可樂給威利，一瓶啤酒給艾迪，然後東翻西翻地找東西吃。裡面大概沒什麼吧，因爲他們又把冰箱關上了。

「你一定得教訓她，」艾迪說，「她不太哭，硬骨得很。」

我的態度非常抽離，艾迪卻截然相反，他的聲音冷酷如冰。其實又胖又醜的人是威利，但令我作嘔的卻是艾迪。

威利放聲大笑，「那是因爲她哭到沒得哭了，」他說，「你應該看看那天她洗完澡的樣子。」

「眞的。你想我們該不該幫唐尼和吠吠帶點東西下去?」

「他們又沒說要什麼，想要的話，他們自己會來拿。」

「眞希望你們家有吃的，老兄。」艾迪說。

說完兩人往樓下走，依然不理會我們。我無所謂，看著他們消失在樓梯間。

「所以你打算怎麼做？」艾迪問，聲音像一縷毒煙向我飄來，「殺死她嗎？」

我僵住了。

「不，」威利說。

接著他說了些別的，但踏在樓梯上的腳步聲把話語蓋過去了。

殺死她？這幾個字沿著我背脊往下滑，按我媽媽的說法是，有人從我墳上走過去。

我心想，別管艾迪，別去管他。

坦白說。

我一直在揣測這件事會如何發展，會有什麼結果，就像數學題似地，暗自猜想著。

孰料竟會是兩個小鬼，各拿著可樂和啤酒，一起討論著最可怕的結果。

我想到躺在臥室裡犯頭疼的蘿絲。

想到只有他們跟瑪姬在樓下——而且還跟艾迪在一起。

那是有可能的，眞的。

而且可能意外擦槍走火，很快就發生了。

當時我沒細想，爲什麼我認爲蘿絲會監控他們。反正我就是那麼想。

她畢竟是大人，不是嗎？

大人不會讓那種事情發生的，對吧？

我看著蘇珊，卻看不出她是否聽見艾迪的話，她還在拼圖。

我顫抖著手，不敢多聽，又不敢不聽，只能陪蘇珊一起拼圖。

第三十五章

那次之後，艾迪每天都去錢德勒家報到，持續約一星期。第二天，連她老姊黛妮絲都去了。他們一起硬餵瑪姬吃餅乾，她不太有辦法吃，因爲嘴巴又被塞住了一整晚，而且又不讓她喝水。艾迪一火大，便用鋁製的窗簾架敲她嘴，架子打歪了不說，還在她臉上留下一大道傷痕，下唇也給割傷了。

接下來一整天，他們又把她當沙包打。

蘿絲幾乎不在下頭，她的頭痛越來越頻繁了。她抱怨皮膚發癢，尤其是臉和手。我覺得她好像變瘦了，嘴上長了一些水泡，數天不退。即使電視開著，還是一直聽到她在樓上咳嗽，咳到深入肺裡。

蘿絲不在，禁止觸摸瑪姬的禁令也就不存在了。

黛妮絲是始作俑者，她喜歡掐人，就她這年紀的女生來說，手指勁道夠狠了。她會掐起瑪姬的肉，然後用力一扭，命令她哭。瑪姬大都不肯哭，黛妮絲就更沒命地擰。她最愛掐的地方就是瑪姬的胸部——這很明顯，因爲她都留在最後下手。

那時，瑪姬通常就會哭了。

威利喜歡把她趴放到桌上，扒下她的褲子揍她屁股。

吠吠專愛用昆蟲。他會把蜘蛛或千足蟲放到她肚皮上，看著她扭動。

令我訝異的人是唐尼，每次他都以爲沒人注意，就用手去摸瑪姬的胸部，或輕輕揉捏，或探觸她兩腿之間的私處。我看過他弄好幾次了，但我從沒揭穿。

唐尼動作極爲輕柔，就像情人一樣。有一次布塞拿掉時，我甚至看到他吻她。那是個很奇怪的吻，但還滿溫柔的，而且客氣得詭異，因爲其實他想對她做什麼都行。

後來有一天，艾迪笑哈哈地帶了一杯狗屎來，她們把她按到桌上，吠吠掐住她的鼻孔，直到她不得不張開嘴呼吸爲止，然後艾迪把狗屎塞進她嘴裡，以後就再沒有人吻她了。

那週的星期五，我整個下午都在院子裡工作，直到四點左右。等我去錢德勒家時，聽見收音機在後門樓梯口喧聲震天，因此便走下樓，結果看到人數又變多了。

話已經傳開了。

現在不但艾迪和黛妮絲在那兒，連哈利．葛雷、勞和東尼．莫里諾、葛蘭．納特，甚至肯尼．羅伯森都來了——包括瑪姬和我在內，有一打人擠在小小的防空室裡——蘿絲站在門口笑吟吟地看他們把瑪姬推來擠去，跟肉球彈珠一樣地在他們之間來回彈跳。

她的手綁在背後。

地上到處是啤酒和可樂罐子，濃濃的香煙如雲霧般瀰漫房裡，收音機突然放到傑利．李．路易斯的老歌《屏息的心》，每個人都大聲笑著跟隨唱和。

最後瑪姬倒在地上，渾身瘀傷地哭泣，我們一夥人才上樓吃點心。

電影一直未散場。

之後一個星期，大夥來來去去，通常他們什麼都不做，只是觀看，可是我記得葛蘭·納特和哈利·葛雷有天趁蘿絲不在時，把瑪姬擺弄成他們所謂的「三明治」——瑪姬吊在天花板橫樑的釘繩上，兩人在她前後磨蹭。記得東尼·莫里諾帶了半打花園裡的鼻涕蟲來，讓吠吠放到瑪姬身上。

可是除非眞痛，瑪姬通常不再作聲了。經過狗屎事件後，你就很難再羞辱她，也沒什麼能再令她害怕了。她似乎認命了，好像她只能等待，等著我們最後玩膩了，事情就會過去了。她絕少反抗，即便有，我們只消叫蘇珊進來就成了。然而大部分時候都用不到那招，瑪姬現在完全聽命地穿脫衣服。我們只有在確定蘿絲不在，或蘿絲親自下令時，才會叫她脫衣服，但那種時候並不多。

大多數時候，我們只是圍坐在工作台邊打牌或玩紙上遊戲「妙探尋凶」，喝可樂或看雜誌，打打屁，彷彿瑪姬根本不存在，但我們偶爾會說幾句話嘲笑她或羞辱她。虐待是常有的事，瑪姬的存在，就像戰利品般吸住我們——她是我們俱樂部的焦點。我們大部分時間都在地下室廝混，時值盛暑，我們卻因爲老是坐在地窖裡，而個個面色白皙。瑪姬只是或坐或站地默默被綁在那裡，我們多半不會要求她什麼。如果某人想到可以利用她的新點子，大家才會試一試。

基本上，瑪姬也許猜對了。也許有一天我們玩膩了，就不會再來了。蘿絲只顧著自己和身上的各種病痛——她心無旁騖，陌生而疏遠。沒有她在一旁搧風點火，我們對瑪姬的注意力，就越來越散漫無趣了。

而且我發現，時序已近八月中，到了九月，我們就要開學了。威利、唐尼和我必須離開，到今夏剛蓋好的新中學——霍利山中學——上第一學期，瑪姬則要開始上高中了。事情到時非結束不可，理由很簡單，把一個人囚禁整個暑假，未必會有人注意，但不讓孩子上學，就又是另一碼事了。

因此在九月前，遊戲橫豎得畫上句點。

我想，瑪姬猜得對，也許她需要的，只是等待而已。

可是我又想到艾迪說的話，忍不住擔心瑪姬想得太美了。

俱樂部的聚會因艾迪而結束。

因為他又把賭注提高了。

出了兩件事。第一件發生在陰雨霏霏的爛日子裡，就是那種一早天就灰灰地，到天黑之前，都還維持蘑菇奶油湯色的日子。

艾迪從他老爸那兒偷了半打啤酒帶過來，他、黛妮絲，還有東尼·莫里諾灌得超猛，威利、吠吠、唐尼和我，則慢慢喝我們的份。不久他們三人便醉了，半打酒也幹光了。威利上樓取酒，就在這時，艾迪想尿尿，結果他想到一個點子，便低聲輪番告訴大夥。

威利回來後，他和東尼．莫里諾把瑪姬抬到地上仰躺著，並把她的手緊緊綁在桌腳上。黛妮絲抓住瑪姬的腳，他們在她頭下鋪了一些報紙。

接著艾迪在她臉上撒尿。

若不是瑪姬被綁在桌上，我想她一定會宰掉艾迪。

大夥縱聲大笑，看瑪姬苦苦掙扎，最後癱軟回去，躺在那裡。

接著唐尼想到蘿絲大概會不高興，最好把東西清一清，便要瑪姬站起來，把她的手綁到背後扶住她。吠吠收拾報紙，帶到外頭焚化爐。唐尼在排放洗衣機用水的大水泥槽裡注水，並在裡頭倒了一堆洗衣粉。接著他走回來，合力和東尼、威利把瑪姬從防空室拉到地下室的水槽上。

他們高笑著把瑪姬的頭按進肥皂水裡，不讓她上來，威利還一邊幫她搓頭髮。一會兒後，瑪姬開始掙扎了，等他們終於讓她抬起頭時，瑪姬拚命大口吸氣。

不過這下她洗乾淨了。

接著艾迪又有鬼點子了。

我們得幫她沖洗，他說。

他把水漏乾，放出燙熱的淨水，跟以前蘿絲淋浴時的手法一樣。

接著他獨力把瑪姬按進水裡。

等艾迪讓她再次浮上水面時，瑪姬的臉已經紅得像龍蝦了。她放聲尖叫，艾迪的手也是紅通通的，讓人懷疑他怎能撐得住。

可是瑪姬也沖得一乾二淨了。蘿絲應該會很高興吧？

蘿絲氣炸了。

第二天一整天，蘿絲拚命冷敷瑪姬的眼睛，她的視力搞不好會受損，眼睛腫到幾乎打不開，而且還一直滲出大量比淚水還濃稠的體液。她的臉上斑斑點點，看起來可怖極了，好像被毒藤刺到。可是大家最擔心的還是她的眼睛。

我們讓她躺在氣墊床上，餵她吃東西。

艾迪放聰明了，都不敢過來。

第二天瑪姬好些了，接下來一天又更好了。

到了第三天，艾迪又回來了。

那天我不在場——老爸要我去鷹巢——但我很快就聽到消息了。

好像是蘿絲在樓上休息吧，因爲又鬧頭痛，大家知道她睡著了。吠吠、唐尼和威利在玩瘋狂八的牌戲，這時艾迪和黛妮絲走進來。

艾迪想把瑪姬的衣服脫掉，說只是想瞧一瞧，大夥都同意了。艾迪非常沈默而平靜地喝著可樂。

他們將她剝光，塞上布塞，頭朝上地綁在工作台上，只是這回他們把她的腳也分別綁在桌腳上。這是艾迪的主意，他想把她攤開。他們把瑪姬丟在台子上，自顧自地繼續玩牌，然後艾迪喝完了可樂。

他竟企圖把可樂瓶塞進她裡面。

艾迪的做法大概太令他們嘆爲觀止了，因此沒人聽見蘿絲走下樓，站在他們後面。當蘿絲穿門而入時，艾迪已經把可樂瓶嘴塞進她身體裡了，大夥全擠上去看。

蘿絲瞄了一眼，開始尖聲怒罵，不許任何人碰她，誰都不准，她說瑪姬很髒，渾身都是病，艾迪和黛妮絲匆匆逃走，丟下蘿絲對吠吠、威利和唐尼怒斥。

之後的事，我是從唐尼那裡聽來的。

唐尼說他好害怕。

因爲蘿絲眞的變得很不正常。

她大發雷霆地在屋裡四處撕東西，口中胡言亂語，說她都沒機會出去了，沒辦法出去看電影、吃飯、跳舞或參加派對，只能一整天坐在家裡，張羅這些臭小鬼的事、清洗、燙衣服、做午飯、弄早餐，說她在家裡越變越老，老啦，她的青春不再，身材全走樣了——而且她邊說邊捶著牆壁、窗上的鐵窗和工作台，還把艾迪的可樂瓶往牆上踢碎。

接著她對瑪姬說「還有妳！妳！」之類的話，然後生氣地看著她，好像蘿絲身材走樣，再也不能出門，都是瑪姬害的。她罵瑪姬是妓女、蕩婦，沒有鳥用的垃圾——然後往後一退，用力踹她，踢了兩次，踢她兩腿之間。

現在瑪姬那裡都瘀血了，嚴重瘀傷。

唐尼說，幸好當時蘿絲穿的是拖鞋。

我可以想像。

那晚我做了夢。就是唐尼告訴我之後的那個晚上。

我在家看電視，拳王休葛．瑞．羅賓森正在跟某個面目模糊、沒啥名氣的醜大個兒對打。我坐在沙發上看著，老爸鼾聲大作地睡在我身邊。除了電視的亮光外，房裡是暗的，我覺得好累，非常累——接著景象一轉，我置身拳擊賽場中，四周歡聲雷動，休葛．瑞使出絕招猛力攻擊對方，他像坦克車似地穩穩站著揮拳，教人看得熱血沸騰。

於是我大聲爲他歡呼，並四顧尋找老爸，看他是不是也在歡呼，可是他睡死在旁邊的椅子上，就像睡在沙發上一樣，而且還慢慢滑到地板上。「醒醒啊。」媽媽用手肘推他說，我猜她一直都在吧，只是我沒注意到。「醒來呀。」她說。

可是爸爸還是沒醒。我回頭看著拳擊場，裡面的人不是休葛．瑞，而是瑪姬。她跟我第一次在溪邊看到時一樣，穿著短褲和淡色的無袖上衣，她紅如火焰的馬尾隨著揮拳在身後來回擺動。瑪姬擊著對方，我站起來高聲叫好。

「瑪姬！瑪姬！瑪姬！」

我哭著醒來，枕頭被淚水濡溼。

我惶惑極了，我幹嘛哭？我又沒有任何感覺。

我走到爸媽房間。

他們分床睡已有好幾年了。老爸跟夢裡一樣打著呼，媽則靜靜地睡在他旁邊。

我走到媽媽床邊，站在那兒望著她。她是位秀麗黑髮的嬌小婦人，我覺得她睡著時，比平時更年輕。

房中是濃濃睡息，霉濁的呼吸味。

我想叫醒她，想告訴她一切。

她是我唯一能夠傾訴的對象。

「媽？」我喚道，然而聲音輕極了，我畢竟還是太害怕了，或是不願將她吵醒吧。淚水自我頰上滾落，鼻涕也流下來了，我吸著鼻子，聲音比叫媽媽的喊聲還大。

「媽？」

她挪了一下，微微發出呻吟。

我心想，要叫醒她，只能再試一次了。

接著我想到瑪姬，想到她暗夜中獨自一個人躺在防空室裡，渾身疼痛。

接著我想到那場夢。

覺得整個人被揪住了。

我無法呼吸，突然頭昏目眩，恐懼不已。

房間變黑了，我覺得自己快崩潰了。

我終於明白自己在這件事情裡所扮演的角色。

我愚蠢而冷漠的背叛。

和我的劣根性。

我好想哭。那哭聲不知不覺變成尖叫，我好想尖叫。我摀住嘴，踉踉蹌蹌地跑出房間，來到房門外的走廊。我腳一軟，坐在那兒發抖哭泣，怎麼也停不住。

我坐在那兒好長一段時間。

他們都沒醒來。

等我站起來時，已近凌晨。

我走回自己房間，看著床邊窗外夜色轉爲漆黑，再轉成濃郁的深藍。

思緒旋繞不定，如清晨自屋簷飛下的麻雀般穿過我。

我坐起來，徹底看清了自己，然後平靜地看著日頭東升。

第三十六章

現在至少其他人都被趕走了，這點不無小補。我得跟瑪姬談一談，得讓她相信我終於要幫她了。

我會幫她逃跑，不管是否帶著蘇珊。我不覺得蘇珊的狀況有那麼危險，迄今爲止，她除了屁股挨幾次揍之外，還沒出什麼事，至少我都沒看到。有麻煩的人是瑪姬，我覺得她現在一定也意識到這點了。

只是事情比我預期的還要容易，也更困難。

困難是因爲我自己也被列爲拒絕往來戶了。

「我媽不希望任何人過來。」唐尼說。我們騎自行車要去社區游泳池，那是我們幾週以來第一次去。天氣溽熱無風，才騎了三條街，我們就大汗淋漓了。

「爲什麼？我又沒做什麼。爲什麼我不能去？」

我們騎在下坡路上，滑行了一陣子。

「不是那樣的，你聽到東尼．莫里諾幹了什麼好事嗎？」

「什麼。」

「他告訴他媽媽了。」

「什麼？」

「就是啊，那個王八蛋。他弟弟勞．莫里諾把我們出賣了。他沒全說啦，我猜他沒辦法跟他老媽講所有的事，不過也夠了。他告訴她說，我們把瑪姬關在地窖裡，蘿絲罵她是妓女蕩婦，還打她。」

「天哪，那她怎麼說？」

唐尼大聲笑道：「咱們運氣不壞，莫里諾家是很嚴謹的天主教徒。他媽媽說，瑪姬也許是罪有應得，不太檢點什麼的。她說父母本來就有權利管小孩，蘿絲現在也算是她媽媽了，結果你知道我們怎麼做嗎？」

「怎麼做？」

「我和威利裝作啥也不知道，我們把東尼帶到畢里克農場後邊的林子裡，他對那裡一點也不熟。我們讓他迷路，然後把他丟在沼地裡不管。他花了兩個半小時才找到路回家，天都黑了，可是你知道最精彩的是什麼嗎？他因爲沒趕上晚餐，又渾身髒兮兮的回家，結果被他老媽狠扁一頓。他老媽吔！」

我們哈哈大笑。兩人把車騎到休閒大樓旁新鋪的車道上，然後把車放進車架，越過黏呼呼的柏油路到游泳池畔。

我們在大門亮了一下塑膠名牌，池子裡擠滿了人。小小孩像一群食人魚似地，在淺水處胡踢亂濺。嬰兒池裡滿是扶著小寶寶的家長，寶寶肥嫩的手指抓住鴨子或恐龍造型的游泳圈。跳板及點心攤旁，各有一條不耐久候的人龍，垃圾桶上成群的大黃蜂在冰淇淋的包裝紙和汽水瓶間穿梭。

尖叫、戲水及吼叫聲震耳欲聾，所有人在圍欄內的草地上和水泥地裡跑來跑去。救生員的哨子每半分鐘就響一次，我們把毛巾一扔，走到八呎深的水池區，把腿伸進飄著氯氣的水裡擺晃。

「那跟我有什麼關係？」我問他。

他聳聳肩，「不知道，」他說，「我媽現在很擔心，怕有人會去告發。」

「我嗎？天啊，我才不會咧。」我想到自己在黑暗中，站在睡著的母親面前。「你知道我不會講的。」

「我知道，只是最近蘿絲很不放心。」

我沒法再追問了，唐尼不像他弟弟那麼笨，他很瞭解我，他會知道我是在追問，而因此起疑。

所以我只能等。我們用腳踢著水。

「這樣吧，」他說，「我去跟她談一談好了。眞是沒道理，你總是來我們家呀，到現在有幾年了？」

「很多年啦。」

「所以管他的，我會去跟她講，咱們下水吧。」

我們滑進池子裡。

而說服瑪姬逃走的那一部分，就容易多了。

那是有理由的。

我告訴自己，我得再次站在那兒看，等待發言的時機，然後再說服瑪姬。我連計劃都想好了。

然後事情就會過去了。

無論如何，我得假裝跟他們一國——假裝不在乎。再假裝一次就好了。

可是我差點失算。

因爲這次實在太過分、太駭人了。

第三十七章

「沒事了，」第二天唐尼告訴我，「我媽說你可以來。」

「來哪裡？」我媽媽問。

她就站在我後面的廚房流理台邊切洋蔥，唐尼則站在紗門後的門廊上。我擋在中間，所以唐尼沒注意到我媽。

廚房裡都是嗆人的洋蔥味。

「你們要去哪兒？」她問。

我看看唐尼，他腦筋轉得很快。

「我們下週六想去史帕托，莫朗太太，我們家要去野餐，想邀大衛一起來。可以嗎？」

「當然好啦。」媽笑著說。唐尼對她非常客氣，且毫不勉強，我媽還滿喜歡他的，雖然她跟錢德勒家沒什麼來往。

「太好了，謝謝妳，莫朗太太。待會兒見，大衛。」他說。

所以一會兒後我就過去了。

蘿絲又重新加入戰局了。

她看起來很嚇人，臉上有好幾處潰爛，看得出她一直在抓，因爲有兩個地方都結痂了。她的頭髮油污塌亂，到處是頭皮屑。身上的薄棉衣看起來像穿著睡好幾天了，現在我確定她變瘦了，這點可以從她臉上看得出來——兩眼凹陷，顴骨上的皮膚緊緊繃著。

她跟平時一樣抽著煙，坐在瑪姬對面的摺疊椅上，旁邊紙盤上有一塊吃了一半的鮪魚三明治，蘿絲拿它當煙灰缸用。溼掉的白麵包上插著兩根煙蒂。

她眯著眼，往椅子前靠，專心地盯著，好像在看《二十一點》之類的電視益智遊戲節目。有位哥倫比亞的英文老師查理·范多倫遭到舉發，說他在前一週的節目上作弊，贏取十二萬九千美元的獎金。蘿絲傷心透頂，彷彿她也被騙了。

可是現在她看瑪姬的方式，就像隔音室裡的范多倫一樣，凝神而專注。

獨自一個人繼續玩著。

吠吠則拿小刀戳著瑪姬。

他們又把她吊到天花板下了。瑪姬踮著腳尖繃立，腳邊放著幾本厚書，全身裸露，髒污且布滿瘀傷，沁著汗水的皮膚蒼白無比，但這些都不重要了，本來很要緊的，但其實已無所謂了。那場景——看到她的慘狀後——像魔咒般令我久久無法自己。

我對性、對殘酷的認識，皆源於瑪姬。一時間，我覺得自己像被灌醉，又變成跟他們同一夥了。

接著我看到吠吠。

小一號的我，或可能的我，手裡拿著一把刀。

難怪蘿絲會那麼專注。

他們全都很專心，威利，還有唐尼也是，沒有人說半句話，因爲刀子不是皮帶、腰帶或熱水，刀子會造成嚴重的永久性傷害。吠吠還小，一知半解，他知道人會死，會受傷，卻不懂其後果。他們明知危險，卻放任不管，希望看它發生。他們是在訓練吠吠。

而我並不需要學這種東西。

目前還沒見血，但我知道這只是遲早的事。瑪姬雖然塞著布，蒙住眼，還是看得出來很害怕。她的胸腹抽抽搐搐，呼吸紊亂，臂上的疤痕凸顯如鋸齒狀的閃電。

吠吠戳著她的肚子，像她那樣踮著腳尖，根本無法縮開身子，只能在繩子上抽動痙攣。吠吠咯咯笑著，去戳她肚臍下方。

蘿絲看著我，點頭打個招呼，然後又點燃一根煙。我發現瑪姬母親的婚戒鬆鬆地戴在她的無名指上。

吠吠用刀鋒劃著瑪姬的胸肋，然後去刺她腋下。他的動作又快又粗魯，害我一直在她肋骨上找血痕，這次算她好運，不過我看到別的東西了。

「那是什麼？」

「什麼什麼？」蘿絲煩亂地問。

「她那邊腿上。」

瑪姬膝蓋上方的大腿上，有一塊兩吋大的楔形紅痕。

蘿絲自顧抽煙，沒有回答。

威利倒答話了。「媽正在燙衣服，」他說，「瑪姬頂嘴，所以媽就拿熨斗貼她皮膚，沒事啦，只是現在熨斗壞了。」

「沒事才怪。」蘿絲說。

她指的是熨斗。吠吠把刀子挪回瑪姬的肚子上，這回他在肋骨下刺出一個口子。

「糟糕。」他說。

吠吠轉頭看著蘿絲，蘿絲站起來。

她吸了口煙，彈掉煙灰。

然後走過去。

吠吠往後退開。

「媽的，洛菲。」她說。

「對不起啦。」吠吠鬆開手，刀子噹地一聲落在地上。

吠吠一副很害怕的樣子，但蘿絲的語氣跟表情都沒顯露出任何喜怒。

「該死，」她說，「現在咱們只得用燒的。」她拿起香煙。

我把頭撇開。

我聽到瑪姬隔著布塞尖叫，尖細的悶聲，突然變成了哀嚎。

「住嘴，」蘿絲說，「住嘴，否則我再燒一遍。」

瑪姬停不了。

我開始發抖，望著空空的水泥牆。

住手，我心想，我聽到嘶的一聲，聽到她在尖叫。

我可以聞到焦味。

我看到蘿絲一手拿著煙，一手隔著灰色棉衣，捧住瑪姬的乳房揉捏。我看到瑪姬的肋骨下有一堆密集的燙痕，她全身倏然盜汗。蘿絲的手粗魯地掠過她皺巴巴的衣服，按住她雙腿之間，瑪姬呻吟著東擺西晃，香煙再次慢慢遞上前。

我知道事情會被我搞砸，因爲我已經快受不了了，我得做點什麼，說點什麼，只要能阻止蘿絲去燙她。我閉上眼睛，卻還是看得見蘿絲掐著她兩腿之間的畫面。四周都是燒焦的肉味，我的胃在翻攪，轉過頭，聽到瑪姬尖叫，然後又是一聲尖叫，接著唐尼突然用嘶啞而充滿恐懼的聲音喊：「媽！媽！媽！」

怎麼了。

接著我聽到了，咚咚咚。

有人在門口。

在前門門口。

我看著蘿絲。

她正盯著瑪姬，表情平靜而放鬆，無憂亦無情。她緩緩把香煙放到唇間，深深抽一口，品嚐瑪姬的味道。

我的胃又在攪了。

我聽到敲門聲。

「去應門。」她說，「慢慢去，放輕鬆。」

她靜靜站著，威利和唐尼面面相覷，然後一起上樓。

吠吠看看蘿絲，再看看瑪姬，不知所措，他突然又變成一個需要指導的小男生了，不知是該走，還是該留？沒人來幫他，蘿絲那個模樣是幫不成的。最後吠吠自己決定跟著哥哥們上樓。

我等他離開後才開口。

「蘿絲？」

她好像沒聽到我說話。

「蘿絲？」

她只是繼續盯著。

「妳不覺得……？我是說，如果有人……妳放心把事情交給他們嗎？交給威利和唐尼？」

「呃？」

她看著我，也不知看進去了沒有，我從來沒見過如此茫然的人。

可是我必須趁這個機會，也許是唯一的機會，逼她一下。

「妳不覺得應該由妳去應門嗎，蘿絲？萬一又是詹寧斯先生怎麼辦？」

「誰？」

「詹寧斯先生，詹寧斯警官，警察呀，蘿絲。」

「噢。」

「我可以……幫妳看住她。」

「看住她？」

「以免她又……」

「好，很好，看住她，好主意，謝謝你，大衛。」蘿絲朝門口走，動作遲緩飄虛，接著她轉過頭，語氣一橫，背部弓緊，眼裡凶光四射。

「你最好別惡搞。」她說。

「什麼？」

她把手指壓到唇上，露出笑容。

「下邊若發出一點聲音，我就把你們兩個全宰了，不是懲罰，而是宰掉你們，懂嗎，大衛？咱們話說明白了嗎？」

「明白了。」

「你確定？」

「是的，夫人。」

「很好，非常好。」

她轉過身，我聽到她的拖鞋沙沙地拖上樓。我聽見樓上有聲音，卻聽不出所以然來。

我轉頭看著瑪姬。

明白蘿絲第三次燒她哪裡了——燒她的右乳房。

「噢，天哪，瑪姬。」我走到她身邊，「我是大衛呀，」我把眼罩拉下來讓她看見我，她的眼神十分狂亂。

「瑪姬，」我說，「瑪姬，聽我說，拜託妳聽我說。求妳別發出任何聲音，妳聽到她說的話了嗎？她做得到的，瑪姬。求妳別尖叫或發出任何聲音好嗎？我想救妳，時間不多了，妳聽我講，我把布塞拿掉好嗎？妳不會尖叫吧？那不會有好處的，上面不知道來的是誰，說不定是賣化妝品的女士，蘿絲很會替自己圓謊，她可以把任何事撇得一乾二淨。可是我會救妳出去，妳明白嗎？我會救妳出去！」

我講得飛快，根本停不下來。我把布塞拿掉，讓她能回答。

她舔著嘴唇。

「怎麼救？」她問，聲音痛苦而激動。

「今晚，深夜，等他們睡著後。得弄得像是妳自己逃走的，好嗎？」

她點點頭。

「我有一些錢，」我說，「妳會沒事的，我可以回來這裡看一看，確定蘇珊沒事，然後我們再設法把她弄走，或許回去找警察，讓他們看看……妳的狀況。好嗎？」

「好。」

「好。就今晚，說定了。」

我聽見咿咿呀呀的前門砰地關上，腳步聲穿過客廳，從樓上下來。我把布塞回去，將眼罩戴上。

是唐尼和威利。

他們怒目看著我。

「你怎麼會知道？」唐尼問。

「知道什麼？」

「是你跟他說的嗎？」

「跟誰說？跟他說什麼？你們到底在講什麼？」

「你少跟我耍嘴皮子，大衛。蘿絲說，你跟她講，敲門的有可能是詹寧斯。」

「你他媽的以為還會是誰，王八蛋？」

噢，天哪，我心想，眞他媽的，我竟然還求她別尖叫。

本來可以解決一切的。

不過我得先應付他們。

「你在說笑吧。」我說。

「我才沒說笑。」

「詹寧斯先生？天哪，我只是亂猜的而已。」

「猜得眞準。」威利說。

「我那麼說，是爲了讓蘿絲……」

「爲了讓蘿絲怎樣？」

讓她上樓啊，我心想。

「讓她再走動走動，拜託，你們也看到了，她在這裡活像個殭屍一樣！」

兄弟倆互望一眼。

「她是變得滿怪的。」唐尼說。

威利聳聳肩，「嗯，好像是。」

我想讓他們繼續講下去，以免懷疑我和瑪姬獨處的事。

「你們覺得如何？」我問，「他是來找瑪姬的嗎？」

「好像是吧。」唐尼說，「他說順路來看看那兩個乖女孩在幹嘛，所以我們就帶他去房裡看蘇珊，謊稱瑪姬出去買東西了。當然了，蘇珊啥都沒說——半個屁也不敢放。所以我猜他就信了，他好像有點不自在、滿害羞的樣子。」

「你媽呢？」

「她說她要去躺一下。」

「你們晚餐煮什麼？」

這話有夠無聊，卻是我最先能想到的話題。

「不知道，大概烤點熱狗吧，怎樣，要過來吃嗎？」

「我去問我媽看看。」說完我看著瑪姬，「那她怎麼辦？」我問唐尼。

「什麼怎麼辦？」

「你們就把她丟在那兒不管嗎？至少得在燙傷的地方敷點東西吧，會感染的。」

「管她去死，」威利說，「老子還沒跟她算完帳哩。」

他彎身撿起吠吠的刀子。

拿在手裡把玩，然後停下來，咧嘴笑看瑪姬。

「不過話說回來，也許我已經算完帳了。」他說，「我不知道，不知道。」他走過去，讓瑪姬清楚無誤地聽到他的話，「我還不確定，」他逗著瑪姬。

我決定不理威利。

「我去問我媽。」我告訴唐尼。

我不想留下來看威利的決定，反正我無能爲力。有些事你就是得放手，才能專心去想自己能做的事。我轉身上樓。

到樓梯口時，我檢查了一下門。

得借助他們的懶惰和散漫了。

再檢查一下門鎖。

結果沒錯，鎖還是壞的。

第三十八章

在那個年代，連犯罪都有一種異常的天眞。

在我們鎮上，闖空門是前所未聞的，那是都市裡才會有的事，這裡不會——那正是我們爸媽搬離都市，遷到這裡的主因。

門窗關起來是爲了抵禦淒風苦雨，不是爲了防範別人。所以門窗的鎖壞掉時，或多年日曬雨淋而鏽掉了，通常也都丟著不管。防風擋雪並不需要鎖。

錢德勒家也不例外。

後面有個帶鎖的紗門，好像一直都是壞的——在我記憶中向來如此。而且木門有些變形，鎖的簧片跟門框上的鎖緣咬不合了。

瑪姬雖然關在那裡，他們還是懶得修鎖。

這樣就只剩防空室本身的金屬冷凍櫃門了，你只要把門閂拉開就成，雖然門閂又重又吵。

我覺得這辦法可行。

凌晨三點二十五分，我出發查看。

我有一支電光筆、一把小摺刀，還有口袋裡鏟雪賺來的三十七美元。我穿上布鞋和牛仔褲，以及媽媽照著貓王在《情歌心聲》中的穿著，幫我染的黑色T恤。等我越過車道到錢德勒家院子時，T恤上已經像第二層皮膚一樣，溼溼地黏在我背上了。

屋子黑漆漆的。

我踏上門廊等著，一邊豎耳細聽。弦月下的夜，安靜而清朗。

錢德勒家的房子似乎在對著我呼吸，像一名睡著的老婦般，骨頭咯咯作響。

好嚇人哪。

有一瞬間，我眞想忘掉一切，掉頭回家，上床把被子拉上。我好想搬到別的城鎭，那天我幻想了一整晚，想像爸媽對我說，大衛，我不知該如何跟你啓口，不過我們要搬家了。

可惜沒那麼好運。

我不斷看到自己在樓梯上被逮個正著，燈光突然點亮，蘿絲站在上邊拿槍瞄準我。我不認爲他們家裡有槍，但還是不斷看到那個畫面，像跳針的唱片一樣一遍又一遍。

瘋了，我一直在想。

可是我已經答應瑪姬了。

這件事已經夠嚇人了，今天的事則又更恐怖。看到蘿絲時，我終於明白會有什麼結果了，我非常確信，瑪姬最後將難逃一死。

我不知道自己在門廊上站了多久。

我聽見高長的莎倫玫瑰在微風中刮著屋子，聽見小溪中的蛙鳴與林子裡的蟋蟀聲。我的眼睛也已適應了黑暗，讓夜裡彼此唱和的蛙鳴蟲聲安定住我。因此一陣子後，我終於不再像初時那麼害怕與興奮了——興奮自己終於要採取行動，幫瑪姬和自己做點事，做出所有人都不曾做過的事。這樣想我心裡會好過些，一步步思考當下實際在做的事。就像是玩遊戲一樣，我要在別人都睡著後，夜闖民宅，就這麼簡單。別去想危險的人、蘿絲、錢德勒一家，他們只是一般人而已。我是貓一般的闖入者，冷靜、謹慎，來無影去無蹤，沒有人會逮到我，今晚沒有，永遠也不會有。

我打開外層紗門。

門幾乎是無聲的。

內門較麻煩，因爲木料吸了溼氣而膨脹。我轉動手把，用手指去推門框邊的直木。我用拇指頂門，輕緩地推動。

門低聲響了。

我使勁平穩地推著，一邊緊握住手把，保留一絲反作用力，以免門突然打開。

門又響了幾下。

我相信整個屋子的人都聽到了。

必要的話，我還是可以逃，能知道這點眞好。

接著門一下打開了，發出的聲音比紗門還小。

我仔細聆聽。

然後走進屋內，來到樓梯口。

我扭開電光筆，樓梯上堆著亂七八糟的碎布、拖把、刷子、桶子等——蘿絲清掃用的東西，外加一罐罐的釘子、漆罐和稀釋劑。幸好大部分東西都擺在牆的對面一側，我知道靠牆邊的梯子因爲有支撐，所以最穩固，也最不會亂響。踏在牆對面的階梯最吵，被逮的可能性也最高。我小心翼翼地走下樓。

每踏一階就停下來細聽，每階的間隔也都不同，以免踩出節奏。

可是每道階梯都各自出聲。

我走了好久好久。

最後終於來到樓梯底，那時我的心臟都快爆了。我不敢相信他們竟然沒聽到聲音。

我來到防空室門口。

地下室有溼氣、黴菌和髒衣物的味道——以及像酸奶灑出來的氣味。

我盡可能安靜平穩地拉開門閂，但還是發出尖高的金屬摩擦聲。

我開門走進去。

直到那一刻，我才想起自己前來的目的。

瑪姬坐在氣墊床的角落，背貼著牆等著。在細微的光束下，我看出她有多麼驚懼，這天被整得有多慘。他們只給她一件薄薄的皺襯衫，兩條腿光溜溜的。

威利曾拿刀去割她的腿。

瑪姬的大腿、小腿，幾乎直到腳踝上，布滿十字形的刀線刮痕。襯衫上也染了血，大都乾了——但並非全部，有些傷口還在滲血。

瑪姬站起來。

走向我，我看到她太陽穴上又有新瘀傷了。

儘管如此，她看起來還是堅定而自信。

她想開口，但我把手指放到唇上，發出噓聲。

「我會把門閂拉開，讓後門打開。」我低聲說。

「他們會以爲是自己忘記關的，給我一個半小時，上樓時貼著牆邊的梯子走，別用跑的。唐尼跑得很快，他會抓住妳。拿去。」

我從口袋掏出錢遞給她，她看了看，然後搖搖頭。

「最好別拿，」她悄聲說，「萬一出事，他們在我身上找到錢，就會知道有人來過了。我們不會再有機會了，把錢放在……」她想了一會兒，「放在巨石上吧，在上面壓個石頭，我會找得到，你放心。」

「妳要去哪裡？」我說。

「不知道，我還不知道，也許回去找詹寧斯先生吧，反正不會待太遠，我想離蘇珊近些。我會設法通知你。」

「妳要手電筒嗎？」

她再次搖頭，「這些梯子我摸得很熟了，你自己留著。去吧，快去，快離開這裡。」

我轉身要走。

「大衛？」

我又回身，瑪姬突然來到我旁邊抬起頭，她閉上眼睛，眼裡盡是淚，然後她吻了我。瑪姬的嘴唇破裂紅腫。

卻是我所觸過最輕柔美麗的東西。

我突然淚水盈眶。

「天啊！對不起，瑪姬，眞的很對不起。」

我幾乎講不出話，只能站在那兒搖著頭，求她原諒。

「大衛，」她說，「大衛，謝謝你。你最後做的——才是最重要的。」

我看著她，彷彿在汲飲她，彷彿想化作她。

我拭著眼睛和臉龐。

點點頭，然後轉身要走。

接著我想到一件事，「等一等。」

我站到防空室外，用電光照著牆壁，看到要找的東西。我把拆輪胎的扳手從釘子上取下來，走回去交給她。

「需要的話可以用。」我說。

她點點頭。

「祝妳好運，瑪姬。」說完，我靜靜地關上門。

接著我回到地下室，再次陷入死寂與睏睡的屋中，慢慢移往樓上門口，配合床上的翻動聲，和樹枝的摩擦聲，踩著每個步子。

然後我來到門外了。

跑過院子，穿過車道回到我家屋子後院，然後走進林子裡。月兒明亮，但即使沒有月光，我也知道道路。我聽到溪流淙淙。

我來到巨石邊，撿了幾顆石頭，小心地走下築堤。月下波光粼粼，飛泉濺石。我踏上巨石，伸手從口袋掏出一疊錢，用小石子堆成金字塔把錢壓住。

回築堤後，我回首張望。

錢和石堆看起來詭異得有如祭品。

我在濃郁的葉香中，奔回家去。

第三十九章

之後我坐在床上，聽著家中的睡息，覺得自己根本不可能入睡。可是我沒料到自己會那麼精疲力竭，天剛亮後便睡著了，枕上一片汗溼。

我睡得很沈——且睡到很晚。

我看到時鐘時，已經快中午了。我穿上衣服衝下樓，呑掉該吃的穀片早餐，因爲老媽站在那裡抱怨說，整天睡懶覺的人長大後會沒出息——大部分都會去坐牢沒工作——然後奔出門，來到八月溽熱的太陽下。

我沒勇氣直接殺去錢德勒家，萬一他們知道是我怎麼辦？

我穿過樹林到巨石邊。

石頭堆成的小金字塔和錢都還在原處。

天光下，那東西看起來不再像祭品，倒像一坨落在樹葉堆上的狗大便，對著我訕笑。

我明白其中的含義了——瑪姬沒逃出來。

他們抓到她了。

她還關在裡頭。

我的膽都快嚇破了，早餐差點吐出來。我忿恨、害怕，又不解。萬一他們認定是我開的門閂呢？或者他們對瑪姬逼供呢？

現在我該怎麼辦？

逃離本鎮嗎？

可以去報警啊，我心想，可以去找詹寧斯先生。

接著我又想，是哦，要告訴他什麼？說蘿絲已經虐待瑪姬好幾個月了，我知道實情，因爲我也是幫凶嗎？

我看的警探節目夠多了，知道什麼叫做幫凶。

而且我認識一個小孩——一個住在西橙鎮的表親的朋友——因爲喝啤酒醉了，偷鄰居的車，結果關了快一年的感化院。據他說，他們可以隨心所欲地打你、餵你藥、叫你穿約束衣，等他們大發善心，做好準備時，才會放你出來。

一定還有別的辦法，我心想。

就像瑪姬說的，錢留著，我們可以再試一次。這回要考慮得更周詳。

如果他們不知道是我在搞鬼。

想探究虛實，只有一個辦法。

我爬到巨石上，拿起五元和一元的紙鈔放入口袋。

然後深深吸一大口氣。

便走過去了。

第四十章

威利爲我開門。就算他們知道或對我起了疑心，目前顯然還有更緊急的事。

「進來吧。」他說。

威利一臉倦累，卻掩不住的興奮，因此看起來比平時更醜。他都沒洗澡，口氣臭到連自己都會薰死。

「把後邊門關上。」

我關了。

兩人走下樓。

蘿絲坐在摺疊椅上，吠吠、艾迪和黛妮絲靠在工作台邊，蘇珊面無血色地在蘿絲旁邊靜靜哭著。

他們每個人都安靜地坐著，冰冷潮溼的水泥地上，唐尼正嗯嗯啊啊地壓在瑪姬身上，他的褲子褪到腳踝，唐尼正在強暴她，瑪姬身體袒裸，手腳被綁在四吋見方的支柱之間。

看來蘿絲終於改變心意，撤掉不准碰瑪姬的規定了。

我好想吐。

我轉身想離開。

「不行，」威利說，「你留下來。」

他手握著刀，眼神十分執拗，我只好留下。

所有人都很安靜，你可以聽見兩隻蒼蠅嗡嗡飛鳴。

這像一場令人作嘔的噩夢，我就像在噩夢中一樣，被動地看著事情發生。

唐尼幾乎遮住她整個人，我只能看到她的下半身——她的腳與大腿。她的腿若不是從昨天起被弄得全是瘀傷，就是髒到腳底都黑掉了。

我幾乎能感受到唐尼壓在瑪姬身上的重量，將她擠撞在粗糙的地面上。瑪姬塞著布，但沒蒙上眼罩，我聽見她沈悶的哀叫與無助的憤怒。

唐尼呻吟著突然拱起背，然後掐緊她燒傷的乳房，最後從她身上翻落下來。

我身邊的威利鬆了一大口氣。

「好啦，」蘿絲點頭說，「妳就只剩這點長處而已。」

黛妮絲和吠吠咯咯笑著。

唐尼穿起褲子，拉上拉鍊，瞄了我一眼，但沒看我眼睛。我不怪他，我也不想跟他對看。

「你現在搞不好染上性病了。」蘿絲說，「不過沒關係，這年頭治得好。」

蘇珊忽然開始嗚嗚地哭起來。

「媽咪——！」

她不斷地在椅子上來回擺動。

「我要我媽——咪——!」

「妳閉嘴。」吠吠說。

「就是嘛。」艾迪說。

「閉上妳的鳥嘴。」蘿絲說,「閉嘴!」

她踢著蘇珊的椅子,然後往後退開,又踢了一次,蘇珊從椅子上跌下來,躺在地上尖叫,用她的支架磨著地面。

「別動!」蘿絲說,「妳給我留在那兒,待著。」接著她看看其餘眾人,「誰想輪下一個?」她問,「大衛?艾迪?」

「我要。」威利說。

蘿絲看著他。

「我不確定,」她說,「你哥哥剛操過她,我覺得這樣有點亂倫,我不知道。」

「管他的,媽!」威利說。

「是眞的,那個小妓女雖然不在乎,可是我覺得讓艾迪或大衛上她更適合。」

「大衛才不想上她哩!」

「他當然想。」

「他才不想!」

蘿絲看著我,我撇開頭。

她聳聳肩,「也許不想吧,男生也會害羞。我知道我不會碰她,但話說回來,我又不是男人。艾迪？」

「我想割她。」艾迪說。

「對，我也是！」吠吠說。

「割她？」蘿絲好像沒聽懂。

「妳說過我們可以割她，錢德勒太太。」黛妮絲說。

「我有嗎？」

「當然有。」吠吠說。

「有嗎？什麼時候？現在割嗎？」

「喂，拜託好不好，我還想操她。」威利說。

「住嘴。」蘿絲說，「我正在跟洛菲說話。怎樣割她？」

「在她身上留個什麼，」洛菲說，「這樣大家才會知道，她是個妓女。」

「沒錯，給她個鮮紅的字母之類的。」黛妮絲說，「就像漫畫一樣。」

「噢，你是說，給她個印記啊。」蘿絲說，「你是指給她打印子，不是割她。」

「妳之前是說割她的。」吠吠表示。

「別跟我抬槓，不許你跟你媽頂嘴。」

「妳眞的有說，錢德勒太太，」艾迪說道，「眞的，妳是說割她的。」

「我說過嗎？」

「我聽到的，我們全聽到了。」

蘿絲點點頭，想了一下，然後嘆口氣。

「好吧，我們需要一根針。洛菲，到樓上拿我的裁縫盒……應該是在走廊的衣櫥裡。」

「是。」

他從我身邊跑開。

我無法相信會發生這種事。

「蘿絲，」我說，「蘿絲？」

她看看我，眼睛似乎在眼窩內抽動。

「什麼。」

「妳不會眞的這麼做吧？」

「我說我們可以割割看，那就無妨試試。」

她向我逼近，煙味從她每個毛細孔滲出來。

「你知道那個賤人昨晚想幹什麼嗎？」她說，「她想從這裡逃走，大家都沒鎖門，我們弄清是唐尼的錯了，因爲他是昨天最後一個進來的，而且唐尼又對她很好，他一向如此，所以最後我讓他上她了，等女人到了手後，你就再也不會想要她了。唐尼現在應該已經治好了。」

「不過讓大夥瞧瞧，知道她是哪種貨色也不錯，你不覺得嗎？」

「媽，」威利抱怨說。

「怎樣。」

「爲什麼我不行？」
「不行什麼？」
「不能幹她！」
「因爲我說不准就是不准，幹！那是亂倫！不許你再拿這件事煩我，你要在你親哥哥的精液裡游泳嗎？你想那樣嗎？別跟我講話，你太噁了！就跟你天殺的老爸一樣。」
「蘿絲，」我說，「妳……妳不可以這樣。」
「不可以？」
「不可以。」
「不行嗎？爲什麼？」
「那樣……那樣不對。」
她站起身朝我走來，我不得不看著她，直視她的眼睛。
「拜託別跟我說什麼才是對的，小鬼。」
蘿絲的聲音顫抖，有如低吼，我知道她在極力抑制內心的狂怒，她目光閃動，像不斷滴蠟的燭光。我往後退，心想，天哪，我以前怎麼會喜歡這個女人，以爲她很風趣，有時甚至覺得她漂亮，很特別。
這個女人令我心驚膽戰。
她會殺人的，我心想，她會把我們全部殺掉，包括她自己的小孩，而且她根本不會在乎或多想，等事後再說。

如果她眞想殺人的話。

「你少教訓我。」蘿絲表示。

我想她應該知道我在想什麼，她完全看透我了。

不過她並不擔心，她轉頭告訴威利。

「這小鬼想離開，」她說，「把他蛋蛋割下來拿給我，聽到沒？」

威利對她笑道：「好的，媽媽。」

吠吠拿著一個破破爛爛的紙鞋盒跑進來交給蘿絲。

「不在裡頭。」他說。

「呃？」

「不是在衣櫥裡，是在臥室的梳妝台上。」

「噢。」

她打開盒子，我瞄到糾纏雜亂的線團、針線包、釦子和針。她把盒子放到工作台上，在裡頭翻找。

艾迪從桌邊移開，讓出空間，並從蘿絲肩後往下看。

「開始吧。」蘿絲轉頭告訴吠吠，「不過我們得把這個熱透，否則她會發炎。」

蘿絲拿起一根又粗又長的縫針。

房裡頓時充滿緊張的氣氛。

我看著針，再看看躺在地板上的瑪姬，瑪姬也盯著針看，蘇珊亦然。

「由誰動手?」艾迪問。

「爲了公平起見，你們每個人都可以刺一個字母，這樣可以嗎?」

「太好了，咱們要寫什麼?」

蘿絲想了想。

「簡單就好，『I FUCK FUCK ME』如何?這樣需要知道的人應該都能明白了。」

「好，」黛妮絲說，「太棒了。」那一刻，我覺得黛妮絲看起來跟蘿絲一樣，眼神狂亂，興奮不已。

「哇，」吠吠說，「那有很多字母吔，每個人快要刺到兩個字母了。」

蘿絲數了數，點點頭說。

「事實上，如果大衛不想刺，我看他是不想，那你們每人就能刺兩個字母了，多的一個我來刺。大衛?」

我搖著頭。

「我就知道，」蘿絲說，但似乎沒有生氣或嘲弄的意思。

「好吧，」蘿絲說，「我來刺I，咱們動手吧。」

「蘿絲，」我說，「蘿絲?」

威利挨近來，拿著刻刀在我下巴底下緩緩劃著圈，令我大爲緊張，因爲威利很不按牌理出牌。我看看艾迪，他在把玩自己的瑞士軍刀，眼神陰毒，就如我猜想的那樣。接著我去看唐尼，他已經變樣了，不可能找他幫忙。

蘿絲轉頭對著我，依然不慍不火，語氣平靜而帶點無奈，好似她要說的話，都是爲我好，好像她是在疼我，全屋子裡她最疼愛我。

「大衛，」蘿絲說，「我告訴你，別管這檔事。」

「那我想走了。」我說，「我想離開這裡。」

「不行。」

「我不想看。」

「那就別看。」

他們就要對她動手了，吠吠拿了火柴。

然後給針加熱。

我拚命忍淚。

「我也不想聽。」

「太不幸了，」蘿絲說，「除非你耳朵封蠟，否則只怕有得聽了。」

她說得對。

第四十一章

事情結束後，他們拿外用酒精幫她塗抹，我走過去看他們幹了什麼好事，不只是這件，連同昨晚和今早的份兒一起看。

這是一整天來，我第一次靠近瑪姬。

塗完酒精後，他們把布塞拿掉，因爲瑪姬現在已虛弱到沒法說話了。她嘴唇腫脹，單隻又紅又紫的眼睛閉著。我看到她的胸部及鎖骨上有三四個新的煙痕，大腿內側也有一個。蘿絲用熨斗燙出來的三角形水泡，現在已經破了，她的肋骨、手臂，以及昨天威利拿刀割的大小腿上，全是瘀傷。

而且還加上幾個字。

I FUCK FUCK ME。

兩英吋的字母，全部用大寫，半烙半刺地橫刻進她腹部的皮肉裡。

字跡看起來像六歲學童歪歪斜斜寫出來的。

「現在妳嫁不出去啦。」蘿絲說。她又坐在她的椅子上抽煙了，蘿絲抱住自己的膝蓋，來回地搖晃。威利和艾迪上樓拿可樂，房裡都是煙味、汗味和酒臭。「看，字會永遠在那裡呢，瑪姬。」她說，「妳不能脫衣服，永遠不能脫給任何人看了，因爲他會看到那裡的字。」

我望著她，知道她說的是眞話。

蘿絲改變了瑪姬。

改變了她的一生。

燙傷和瘀傷總會癒合，但刺字卻無法磨滅——即使變淡了，三十年後仍清晰可讀。每次她在別人面前袒裸時，就會想到，就得跟人解釋。每回照鏡子，都會看見並想起。

今年學校通過一項規定，上完體育課後一定要淋浴。在一屋子少女前面，她該如何自處？

蘿絲並不擔心，好像瑪姬已成了她的財產。

「這樣比較好，」她說，「妳將來就會懂了。不會有男人要妳，妳不會有小孩，那樣好太多了，妳很運氣啊。妳以爲長得可愛、生得性感是好事嗎？告訴妳，瑪姬，這個世界啊，惹人嫌的醜女命比較好。」

艾迪和威利拎著半打可樂笑著走進來，他們把可樂分給大家，我接過一瓶，努力拿穩瓶子。飴糖淡淡的甜味令我作嘔，我知道自己只要喝一小口就會吐出來，事情開始後，我就極力在忍吐。

唐尼沒拿，他站在瑪姬旁邊低著頭看。

「妳說得對，媽。」一會兒後他說，「感覺變了。我是指我們寫上去的東西，好奇怪啊。」

他試著解釋，最後終於想到怎麼說了。

「她也沒那麼大不了嘛。」他說。

語氣有些訝異，甚至有一絲開心。

蘿絲笑了，那笑容淡而曖昧。

「我早跟你說過了。」她說，「明白了吧？」

艾迪大聲笑著走過去踹她肋骨，瑪姬連哼都沒哼。「對呀，她算什麼。」他說。

「她什麼也不是！」黛妮絲大口喝著可樂說。

艾迪又踹了她一次，這回更帶勁，加上他老姊全力幫忙。

讓我離開這裡吧，我心想。

求求你們，放我走吧。

「我看現在可以再把她綁起來了。」蘿絲說。

「讓她躺著吧。」威利說。

「地上很冷，我不希望她流鼻水或打噴嚏，把她拉起來讓咱們看看。」

艾迪幫她把腿鬆綁，唐尼解開綁在柱子上的手，但兩手還是綑在一塊兒，然後把繩子纏到天花板的釘子上。

瑪姬看著我。她非常虛弱，連半滴眼淚都沒有，也沒力氣哭了。她只是悲容滿面，似乎在說，看我落得什麼下場？

唐尼拉起繩子，把她的手拉到頭頂，然後綁到工作台，但這次做得很馬虎，草率得一點都不像他——彷彿他已不在意，瑪姬已不值得他多花力氣了。

情勢眞的變了。

自從在她身上刺字後，瑪姬的利用價値——不管是激發恐懼、肉慾或憎恨——已被他們消耗殆盡，僅殘存一副虛弱、殘敗而可鄙的皮肉而已。

蘿絲坐著看她，像畫家在研究畫布。

「有件事咱們可以做。」她說。

「什麼事？」唐尼問。

蘿絲想了想，「我們得到她了，所以現在沒有男人會想要她了，問題是，瑪姬可能還是會想要男人。」蘿絲搖搖頭，「那是畢生的折磨。」

「所以呢？」

她考慮一下，我們看著她。

「告訴你們怎麼辦吧，」蘿絲終於開口，「去樓上廚房的報紙堆上拿些報紙下來，多拿一點，然後放到後面水槽裡。」

「幹嘛要報紙？要報紙做什麼？」

「讀給她聽嗎？」黛妮絲說，一群人哄堂大笑。

「去做就對了。」蘿絲說。

唐尼上樓拿回報紙，丟到洗衣機旁的水槽裡。

蘿絲站起來。

「OK，誰有火柴？我的沒了。」

「我有。」艾迪說。

他把火柴交給蘿絲，蘿絲彎腰撿起我昨天拿給瑪姬的輪胎扳手。

我懷疑瑪姬是否有機會用到它。

「喏，拿著。」她把扳手拿給艾迪，「來吧。」

他們放下可樂，走過我身邊，大家都想看蘿絲在打什麼主意，除了我和蘇珊之外。但蘇珊只是照著蘿絲的話，坐在她被指定的位置，威利則持著刀，站在離我肋骨兩呎的地方。

所以我也走過去了。

「捲起來。」蘿絲說，大夥看著她。

「報紙啦。」她說，「把報紙捲緊，然後扔回水槽裡。」

吠吠、艾迪、黛妮絲和唐尼照她的話做。蘿絲用艾迪的火柴點了根煙，威利留在我後面。

我瞄著幾呎外的樓梯，蠢蠢欲動。

他們捲著報紙。

「壓緊一點。」蘿絲說。

他們把報紙塞進水槽中。

「問題在這兒，」蘿絲說，「女人其實不希望男人搞她全身，不是的，她只要他搞她一個點就好。懂我的意思嗎？黛妮絲？不懂？還不懂？妳將來會明白的，女人只有一個地方需要男人，那個特定的點就是她兩腿之間。」

她指了指，然後用手壓住自己的衣服向他們展示，他們停下手上的工作。

「就一個小點，」她說，「把那個點除掉，你們知道會怎樣嗎？她所有的慾念就全部消除了。

「眞的，永遠消掉了，就這麼有效。有些地方向來都這麼處理，非常普遍的，好像是等女生長到一定的年齡吧，免得她亂來。例如有些地方，嗯，我也不太清楚，好像是非洲、阿拉伯和新幾內亞吧，那邊的人覺得那是一種文明的做法。

「所以我想，這邊也可以做吧？我們也來把那個小點除掉。

「咱們來燒她，把那個點燒掉，我們可以用熨斗。

「然後她就會……很完美了。」

房中死寂無聲，眾人望著蘿絲，不敢相信他們聽到的話。

我倒相信。

數天來我一直試圖釐清的情緒，此刻終於眞相大白了。

我開始發抖，彷彿裸體站在嚴酷的十二月寒風裡，因爲我可以想見、聞到、聽見她嚎叫。我可以看到瑪姬的未來，看見自己的未來——以及這件事造成的後果。

而且我知道，我是唯一瞭解事態嚴重的人。

其他人則一點想像力都沒有——就連蘿絲也一樣。她雖一時興起，當起了獄卒，老是想像自己有多麼痛苦，老說若沒辭職、沒遇到老威利、沒結婚也沒生小孩，就會如何又如何，但她還是缺乏想像力。

零。半點都沒有，他們根本不懂。

他們只想到自己，沒想到別人，只看到眼前，沒看到別的，他們既盲目，又空洞。

而我卻在顫抖，是的，這是合理且可以理解的。

我被一群凶殘的人擄獲了，我跟他們同在，是他們的同夥。

不，不是凶殘的人，不全是。

比那還要不如。

他們更像是一群貓狗，或一群吠吠喜歡逗弄的凶惡紅蟻。

他們像是另一個物種，某種聰明、徒具人皮、卻毫無人性的東西。

我站在他們中間，被異物籠罩。

被惡魔撲覆。

我衝向樓梯。

威利咒罵一聲，刀子劃過我背上的襯衫。我抓住木製的扶欄，繞上階梯。

我絆了一下，蘿絲在底下指著大罵，嘴巴像個空黑的大洞穴。威利拉住我的腳，我將旁邊的漆罐和水桶掃往身後的樓梯，聽見威利再爆粗口，艾迪也是，我猛力抽回腳站起來，盲目地往樓上衝。

門是開的，我奮力推開紗門。

夏日的暑浪撲面襲來，我無法尖叫，我得喘口氣。我聽見他們緊追在後，我跳下台階。

「走開！」唐尼大吼。

說時遲哪時快，他已撲到我身上了，從台階躍下的衝力將我撲倒了，我的氣都被擠乾了，唐尼從我身上翻滾出去。我搶在他之前站起來，威利衝到我旁邊，擋住我回家的路。我曾見陽光下閃動的刀光，不敢貿然前進。

我繞過唐尼伸出來的手，越過院子，朝林子奔去。

才跑到半途，便被艾迪攔住了。他奮力朝我雙腿撲來，將我絆倒，然後立即壓到我身上揮拳、踢踹，想挖出我的眼珠子。我翻過去扭著身子壓住他，將他摔翻。他抓住我的襯衫，衣服撕破了，我任由他將襯衫扯掉。我踉蹌後退，接著唐尼也撲上來了，然後是威利，直到威利拿刀抵住我的喉嚨，我感受到刀尖時，才放棄掙扎。

「進去，賤人。」他說，「不許講話！」

他們把我押進去。

眼睜睜望著自己家的房子就在眼前，真是一大折磨，我一直在尋找人影，卻看不到動靜。

我們走進去，然後下到陰冷而漆味濃烈的黑暗中。

我把手放到喉頭，感到手指微溼，沾了點血。

蘿絲站在那兒，兩手緊緊疊在胸前。

「笨蛋，」她說，「你他媽的想去哪裡？」

我沒答話。

「哼，我看你現在跟她同一夥了。」她說，「眞不知道我們該把你們怎麼辦。」

她搖搖頭，然後哈哈笑著。

「你應該高興你沒有像她那樣的小點點，不過當然了，你有別的東西要擔心，對吧？」

黛妮絲大笑起來。

「威利，去拿繩子來，我們最好把他綁住，免得他又亂跑。」

威利走進防空室，拿了一條短繩回來，並把刀子交給唐尼。威利則把我的手反綁。

大家都在等著看。

這回唐尼大剌剌地盯著我的眼睛。

綁完後，蘿絲把火柴交給吠吠。

「洛菲，你要動手嗎？」

吠吠劃亮火柴，彎到水槽上空，點亮紙捲一頭，然後再點燃另一個靠他較近的紙捲。

他站開身，報紙開始熊熊地燒起來了。

「你一向就喜歡玩火。」蘿絲轉頭看著大家，嘆口氣說。

「現在誰要動手？」

「我。」艾迪說。

蘿絲看著他，淡淡一笑，跟不久前她看我的表情一模一樣。

我想我已不再是街區裡她最喜歡的小孩了。

「去拿輪胎扳手來。」她說。

艾迪去拿了。

他們把扳手放到火上，屋裡極靜。

等蘿絲覺得夠燙了，便叫他把小點點除掉，然後大家才回屋內。

第四十二章

這件事我不想跟你們說。

我拒絕講。

有些事，是你至死也不想講，是你巴不得死掉，也不想看的。

我卻親眼目睹了。

第四十三章

我們一起蜷臥在黑暗裡。

他們把工作燈摘掉，關上門，丟下瑪姬、蘇珊和我，躺在老威利買給家人用的空氣墊上。

我聽見腳步聲從客廳傳到餐廳，然後又走回去。腳步很沈，大概是唐尼或威利的，接著屋子裡便靜下來了。

只剩下瑪姬的呻吟。

他們拿扳手燙她時，她昏過去了。瑪姬先是一僵，然後倏地癱軟，像是被雷擊中似的。現在她又掙扎著要醒來了，我不敢想像她醒來後會如何，我無法想像那種痛，也不願去想。

他們幫我們鬆綁了，至少手是自由的。

我可以多少照顧瑪姬一些。

不知他們現在在樓上做什麼，想什麼。我猜艾迪和黛妮絲大概已經回家吃晚飯了，蘿絲躺在椅子裡，兩腳跨在椅凳上，旁邊煙灰缸上點著一根煙，呆呆地望著空白的電視螢幕。威利歪在沙發上吃東西，吠吠趴在地板上，唐尼則端坐在廚房的直背椅上，也許在吃蘋果吧。烤箱裡應該有冷凍速食餐。

我餓了，我從早餐到現在都沒吃東西。

晚餐，我想到晚餐。

看到我沒回家吃晚飯，爸媽一定會很生氣，然後會開始擔心吧。

我爸媽會擔心。

以前我大概從沒想過那代表什麼含義。

霎時間，我感到愛他們至深，而差點哭出來。

瑪姬再次發出呻吟，身邊的她在發抖。

我想到默默坐在樓上的蘿絲和其他人，他們也許在考慮怎麼處置我們吧。

因爲把我關在底下，一切都變了。

今天之後，他們再也無法信任我，而我並不像瑪姬和蘇珊，有人會想我的。

爸媽會來找我嗎？當然會，但何時會來？他們會到這裡找我嗎？我沒跟他們說要去哪裡。

笨哪，大衛。

又犯了一個錯，你明知自己在這裡可能會遇到麻煩。

黑暗自四面八方壓迫著我，令我自覺藐小，覺得失去了空間、選擇與可能。我終於稍能體會，這幾個星期來，瑪姬獨自待在這裡是什麼感覺了。

你會希望他們回來，幫你化解等待的焦慮與孤獨的啃蝕。

人在黑暗中，好像就這樣消失了。

「大衛？」

說話的人是蘇珊，我嚇了一跳。我想這是唯一一次聽見她主動對我說話——或對任何人。

她聲音極輕，恐懼而發抖，好像蘿絲還在門口偷聽。

「大衛？」

「嗯？妳還好嗎，蘇珊？」

「我沒事。大衛，你恨我嗎？」

「恨妳？不會，當然不會。我爲什麼要……？」

「你該恨我，瑪姬該恨我，因爲都是我的錯。」

「這不是妳的錯，蘇珊。」

「是我的錯，全都怪我，沒有我，瑪姬早就可以跑掉，不必回來了。」

「她試過了，蘇珊，他們抓到她了。」

「你不明白。」

即使沒看見蘇珊，還是聽得出她拚命忍住不哭。

「他們是在走廊上抓到她的，大衛。」

「呃？」

「她是來救我的，她逃出來了。」

「是我放她出來的，我故意不鎖門。」

「然後她上樓到我房裡，把手放到這裡，放到我嘴上，叫我別出聲，然後她抱我下床，抱我到樓下走廊，結果蘿絲，蘿絲……」

她再也忍不住，哭出來了。我伸出手摸摸她的肩膀。

「嘿，沒關係，沒事的。」

「……結果蘿絲從男生們的房間出來——我猜她聽到我們的聲音了——她抓住瑪姬的頭髮，把她推倒，我跌在瑪姬身上，害她一開始沒辦法動彈，接著威利跑出來，然後唐尼和吠吠也跑來了，他們開始打她踢她，威利又去廚房拿刀子架在她喉嚨上，還說如果她再動，就把她的頭割下來。他就是那麼說的。

「然後他們把我們帶下樓，把我的支架丟了下來，這個都壞掉了。」

我聽到噹啷啷的聲音。

「然後他們又打她一頓，蘿絲拿煙頭燙……燙她的……」

蘇珊靠過來，我攬住她，讓她伏在我肩上痛哭。

「我不懂，」我說，「她本來就要回來救妳，我們說好一起想辦法的。爲什麼要現在救？她爲什麼要帶妳走？爲什麼要試著帶妳一起走？」

蘇珊擦著眼睛，我聽到她在抽鼻子。

「我想是因爲……蘿絲。」她說，「蘿絲……碰我，你知道……碰我……下面。有一次她還……還害我流血。瑪姬就……我告訴瑪姬……她很生氣……非常生氣，就跟蘿絲說她知道了，蘿絲又打她，打得好慘，拿壁爐裡的鏟子打她，然後……」

她的聲音啞掉了。

「對不起！我不是故意的，她應該逃掉的！她應該逃的！我不是故意要讓她受傷的，我忍不住！我好討厭蘿絲碰我！我恨蘿絲！我好恨她。結果我就告訴瑪姬……把蘿絲做的事告訴她，所以他們才會抓到瑪姬。她就是為那個來救我的，都是因為我，大衛，因為我的關係！」

我抱著她，像在哄一個脆弱的嬰兒。

「噓，別哭了，不會……不會有事的。」

我想到蘿絲碰她的情形，我可以想像，一個殘障無助的小女孩，無力反抗一個眼神如湍流般的女人。我把那畫面從心中趕開。

良久之後，蘇珊平靜下來了。

「我有個東西，」她抽著鼻子說，「我把它給瑪姬了。你伸手到工作台另一邊的桌腳後面，瑪姬躺的地方再過去一點點。你四處摸摸看。」

我找了，結果摸到一包火柴和一根兩吋長的蠟燭。

「妳從哪裡……？」

「從蘿絲身上弄來的。」

我點亮蠟燭，可愛的燭光照亮斗室，讓我心情舒坦了些。

直到我看見瑪姬為止。

直到我們兩個都看到她。

她仰躺著，他們在她腰際扔了一條又薄又髒的舊床單。瑪姬胸肩全裸，渾身瘀痕斑斑，燙傷處已皮開肉綻，滲著血水。

即使睡著了，臉上的肌肉還是因疼痛而繃得死緊，整個身體哆嗦不已。

那幾個字閃著光。

I FUCK FUCK ME。

我看看蘇珊，只見她又要哭了。

「把頭轉開。」我說。

實在太慘了，慘不忍睹。

但最糟的並不是他們加諸她身上的，而是她對自己所做的事。

瑪姬的手臂伸在床單外，她睡著了。

可是她竟然用髒污破損的指甲，不斷重重摳著自己的左手肘，一路抓到腰上。

她在撕身上的結痂。

把傷口扯裂。

那受盡凌虐毆打的軀體，終於開始跟自己作對了。

「別看。」我脫掉襯衫，又咬又撕地從縫線處撕出兩條布來。我移開瑪姬的手指，用襯衫緊緊在她手臂上纏兩圈，然後把上下兩端綁住，這樣她就不能再傷害自己了。

「好了。」我說。

蘇珊在哭，她看到了，她知道。

「爲什麼？」她問，「她爲什麼要那樣做？」

「不知道。」

其實我多少能明白，我幾乎可以感受到瑪姬對自己的氣惱，氣自己的失敗，沒能逃出去，氣她害了自己也害了妹妹。她甚至氣自己招惹這種是非，怨自己太天眞。

瑪姬的自責並不公平，也不正確。但我能瞭解。

她被騙了——此時那聰明清晰的腦袋正在氣惱。*我怎麼會那麼蠢？*好像她受罰都是活該的。她誤以爲蘿絲和其他人跟她一樣有人性，不會做得太過分，會有限度。可是她錯了，他們不一樣，她終於瞭解了，卻也太遲了。

我看到她用手指尋找傷疤。

血從襯衫底下滲出來，還不是很多，我卻感到悲涼而諷刺，到頭來，也許我還是得用襯衫把她綁住，限制她的行動。

樓上的電話響了。

「去接。」我聽到蘿絲說，腳步越過房間，我聽到威利的聲音，然後一陣停頓，接著是蘿絲在講電話。

不知現在幾點了，我看著小小的蠟燭，也不知能燒多久。

瑪姬的手從傷口邊挪開。

她大口喘氣呻吟，眼皮掀動。

「瑪姬？」

她張開眼睛，神色極爲痛苦。
她的手指又回去撕傷口了。
「不要，」我說，「別那樣。」
她看著我，一開始沒聽懂，接著她把手拿開。
「大衛嗎？」
「嗯，是我，蘇珊也在。」
蘇珊靠向前讓瑪姬看到她，瑪姬的嘴角向上微彎，露出淒然的笑容，即使微笑，也會讓她感覺到痛。
她出聲哀吟，「噢，天哪，好痛。」
「別動，」我說，「我知道很痛。」
我把床單拉到她下巴下。
「有沒有什麼……妳有沒有什麼想要我……？」
「沒有，」她說，「只要讓我……噢，天哪。」
「瑪姬？」蘇珊說，她在發抖，她從我身邊探過去，但還是沒能摸到瑪姬。「對不起，瑪姬，對不起，對不起。」
「沒關係，蘇珊，我們試過了，沒事的，沒……」
我可以感受她全身竄燒的痛。
我不知如何是好，只能一直看著蠟燭，好像燭光能給我指示。可是沒有，什麼都沒有。

「他們……他們在哪兒？」她問。
「樓上。」
「他們會留下來嗎？現在是……晚上嗎？」
「差不多了，大概是吃晚飯的時間，我不知道，我不知道他們會不會留下來。」
「我受不了……大衛？我受不了了，你懂嗎？」
「我懂。」
「我沒辦法了。」
「休息吧，休息就是了。」我搖著頭。
「什麼？」她說。
「我一直希望能有個東西……」
「什麼？」
「……能傷害他們的東西，讓我們能離開這裡。」
「這裡什麼都沒有，你不知道我有多少個夜晚……」
「有這個啊。」蘇珊說。
她拿起臂膀的支架。
我看著支架，蘇珊說得對，那是輕質的鋁架，可是若握住一端，揮動連接的支架，的確可以傷人。
不過拿來對付威利和唐尼兩人還不夠，而且還有蘿絲，你絕不能小看她。如果他們能一個個單獨進來，中間相隔幾分鐘，我大概還有機會，但可能性實在太低了。我從來不擅長打架。

你只要問艾迪就知道了。

我們還需要別的。

我四處尋找，他們幾乎把所有東西都搬光了。滅火器、收音機、食物箱，連鬧鐘和氣墊的充氣筒都不見了。他們甚至把綁我們的曬衣繩拿走了，只留下工作台——台子重到幾乎搬不動，遑論是拿起來扔了——氣墊、瑪姬的床單、喝水的塑膠杯和我們身上的衣服，還有火柴跟蠟燭。

接著我想到可以利用火柴和蠟燭。

至少我們可以主動把他們引下來，而不是被動地等他們來。我們可以來個出其不意，那樣不錯，不錯呀。

我重重吸口氣，有個點子慢慢成形了。

「好吧，」我說，「你們想不想試點辦法？」

蘇珊虛弱地點點頭，瑪姬也是。

「也許不會成功，但有機會。」

「好。」瑪姬表示，「動手吧。」她呻吟道。

「別動，我並不需要用到妳。」我說。

「好吧，動手就是了，」她說，「把他們撂倒。」

我脫掉腳上的高筒布鞋，拆掉鞋帶，然後綁在一起。接著我脫掉蘇珊的鞋，把她的鞋帶也繫上去，這樣就有十二英呎長的鞋繩可用了。我將鞋繩一頭繞到門下的鉸鏈繫緊，把繩索拉到第一根四吋見方的支柱，綁在離地板三吋高的地方。這樣從門口到柱子間，便有一段微斜的絆繩，截斷進門處，房間左側三分之一的地方。

「聽好了，」我說，「接下來的事很難辦，而且對敵我雙方都很危險，因爲我想在這裡生火，在桌子前，約房間一半的地方生火。他們會聞到煙味跑下來，希望有人會絆到那根繩子。到時我會拿著蘇珊的支架，站在門的另一側。

「不過煙會很濃，空氣不多，所以他們最好能很快下來，否則我們就完了，明白我的意思了嗎？」

「我們可以大聲喊叫。」蘇珊說。

「是啊，但願那樣能奏效。不過咱們得稍等一會兒，讓他們聞到煙味才行。火災會讓人著慌，那樣才有利，妳覺得呢？」

「那我能做什麼？」蘇珊問。

我忍不住笑了，「沒什麼能做的，蘇珊。」

她想了想，這位虛弱的小女孩表情非常嚴肅。

「我知道我能做什麼了，我可以站在氣墊旁邊，如果有人想靠近，我就把他們絆倒。」

「好吧，不過妳自己要小心，不許再摔斷骨頭了。還有，妳一定得留出空間讓我揮動支架。」

「會的。」

「瑪姬？妳沒問題嗎？」

她看來蒼白而羸弱，她點點頭。

「沒問題。」

我脫下身上的T恤。

「我……我需要這張床單。」我說。

「拿去吧。」

我小心翼翼地從她身上拿下床單。

她用手蓋住燒傷的地方，但我還是看見黑紅色的傷口了，我縮了一下，瑪姬見狀將頭撇開。隔著襯衫，她又開始去抓傷口了，我不忍阻止她——免得她注意到自己在做什麼。

我突然很想立刻拿支架揍人。我把床單綑好放到工作台前，將自己的T恤和襪子擺到床單上。

「還有我的。」蘇珊說。

其實沒什麼差別，但蘇珊需要盡點心意，因此我幫她脫掉襪子，一併擺上去。

「你要襯衫嗎？」瑪姬問。

「不用了，妳留著。」

「好吧。」她說，手指不停地摳著。

她的身體看起來好老，肌肉又薄又垮。

我把蘇珊的支架取下來，靠到門邊牆上，然後拿起蠟燭，走到布堆邊。

我的胃害怕得打結。

「動手了。」我把蠟燭往下一擱。

第四十四章

火燒得不旺，煙倒不少。煙氣飄到天花板，向外捲去。這是我們自己在防空室裡的蕈狀雲。

煙氣頃刻便瀰漫全室，我幾乎看不見躺在對面地上的瑪姬，我們開始猛咳。

煙越來越濃了，我們的叫聲也隨之增強。

你可以聽見樓上的聲音，有困惑，有恐懼，接著一陣腳步搶下樓，他們是用衝的，他們在擔心。太好了，我握緊支架，在門內守株待兔。

有人七手八腳地拉動門閂，接著門一開，威利站在地下室的背光中破口大罵，煙氣如忽起的白霧籠罩住他。威利東倒西歪地走進來，絆到鞋繩，晃了幾下，摔倒滑過地板，一頭撞進火堆裡。他高聲尖叫，撲打臉上燃燒的破布，和在他額上嗞嗞油響燒融的頭髮。

蘿絲和唐尼並肩衝進來，唐尼離我最近，他極力想弄清煙霧裡的狀況。我拿起支架一揮，鮮血從唐尼頭上噴出，濺在蘿絲身上及門口，唐尼倒下時還試圖抓我。我像砍斧頭似地揮著支架，但他避開了，支架敲在地上，接著蘿絲從我身邊衝過去抓蘇珊。

蘇珊，她的人質，她的保護傘。

我火速轉身揮砍，擊中她的肋骨和背部，但還是無法阻止她。

蘿絲動作迅捷，我追在她後頭，用網球的反拍動作從地上掃起支架，可是她已抓住蘇珊骨瘦如柴的胸口，將她推到牆上，然後一把抓起她的頭髮往後拽。我聽到咚的一聲，好似南瓜落地，然後蘇珊便從牆上垂滑而下。我使出吃奶的力氣，用支架擊打蘿絲的下背，她慘叫著跪到地上。

我的眼角餘光瞄到人影，立即轉過身。

唐尼站起來了，在漸淡的煙氣中朝我衝來。接著是威利。

我來回揮舞支架，兩人的動作一開始緩慢而謹慎。他們逼得夠近，我看到威利的臉燒成什麼模樣，他一眼閉著，淚流不停。唐尼的襯衫上沾著血。

接著威利矮身衝過來，我用支架重重擊在他肩上，衝上去猛力揮中他的脖子，威利慘叫倒地。

唐尼蹣跚地踏向前扯著支架，我後面傳來一陣抓扒聲。

蘿絲撲在我背上奮力抓扯，像貓一樣地嘶嘶作聲。我被她壓得東倒西歪，膝蓋都彎了。我跌到地上，唐尼衝上前，我臉上突然吃痛，脖子往後一折，並聞到一股皮革味——鞋子的皮革。他把我當足球踢，我看到刺眼的燈光，我想抓緊支架，但支架已經不見了。亮光很快化為黑暗，我掙扎著跪起來，他又來踹我肚子，我倒在地上大口喘氣，掙扎地想站起來，可是怎麼都站不穩。我好想吐，心中亂極了。接著又有別人也來踢我了，我的肋骨、胸口，我縮成一團，綳緊肌肉，等著黑暗過去。但他們依然不斷叫罵地踹我，不過這辦法開始收效了，我漸漸可以看到東西了，最後終於看出桌子所在。於是我滾到桌底，抬眼看到蘿絲和唐尼的腿在我面前——接著我又搞不清楚狀況了，因爲還有另一雙腿站在瑪姬所躺的地方，站在瑪姬應該躺著的氣墊上。

那是一雙裸露的腿，布滿燙傷與疤痕。

那是瑪姬的腿。

「不！」我大喊。

我從桌底下鑽出來，蘿絲和唐尼轉身朝她走來。

「妳！」蘿絲尖罵道，「妳！妳！妳！」

我還是不瞭解當時瑪姬在想什麼，難道她眞的以爲自己幫得上忙嗎——也許她只是厭倦了，厭倦蘿絲，恨死肉體的痛苦，厭煩了一切——但她應該知道蘿絲會把所有的氣出在誰身上。蘿絲不會衝著我或蘇珊，而是像根毒箭一樣，精準地直接射向她。

然而瑪姬毫無所懼，她眼神堅定清亮，即使虛弱如斯，仍勉力向前踏出一步。

蘿絲像個瘋女人一樣撲向她，像福音傳教士幫人治病時一樣，用兩手抓住她的頭。

然後往牆上用力一摜。

瑪姬的身體開始抽搐。

她直視蘿絲的眼睛，露出不解的表情，直到那一刻，似乎還在問蘿絲「爲什麼，爲什麼。」

然後瑪姬便倒下去了，像沒有骨頭的沙包垂倒在氣墊上。

她又抽搐了一會兒，然後才停止。

我扶住桌子撐住自己。

蘿絲只是瞪著牆站著，好像無法相信瑪姬已經不站在那兒了。她臉色死灰。

唐尼和威利也站著。

房中登時一片靜默。

唐尼彎下腰，把手放到瑪姬唇上，然後摸摸她的胸口。

「她還在……呼吸嗎？」

蘿絲聽起來好藐小。

「嗯，一點點。」

蘿絲點點頭，「把她蓋起來，」她說，「蓋起來，把她蓋起來呀。」

她又胡亂地點點頭，然後轉頭戰戰兢兢地走過房間，好像踏在破掉的玻璃上。蘿絲在門口停下來，鎮定自己，然後才走開。

接下來就只剩我們一群小孩了。

威利率先行動。「我去拿毯子。」他說。

他一手摀住自己的眼睛，頭髮已燒掉一半。

可是似乎都沒有人在生氣了。

桌前的火還在悶燒，冒著小團的煙氣。

「你媽打電話來了。」唐尼喃喃說。

他低頭看著。

「什麼？」

「你媽，」他說，「她打電話來了，想知道你在哪裡。電話是我接的，蘿絲有跟她談。」

我不必問蘿絲跟她說什麼，一定是說他們沒看到我。

「吠吠呢？」

「在艾迪家吃飯。」

我撿起支架，拿過去給蘇珊，她大概一無所覺，也不在乎了。蘇珊只望著瑪姬。

威利拿著毯子回來，看看所有人，把毯子丟在地上，又扭頭走出去了。

我們聽見他拖著步子上樓。

「你們打算怎麼辦，唐尼？」我問他。

「不知道。」他說。

語氣呆板而茫然，他嚇壞了——彷彿頭部挨踢的人是他不是我。

「她可能會死。」我說，「她一定會死，除非你能做點什麼，其他人都不會幫忙的，你也知道，蘿絲不會，威利也不會。」

「我知道。」

「那就做呀。」

「要做什麼？」

「什麼都行，去跟別人說，去報警。」

「我不知道。」他說。

唐尼從地上拿起一條毯子，然後照蘿絲的話幫瑪姬蓋上，他的動作非常輕柔。

「我不知道。」他搖著頭說。

然後轉過身，「我得走了。」

「那把工作燈留給我們行嗎？至少留給我們，讓我們能照顧她？」

他考慮了一會兒。

「好吧，當然。」他說。

「還有一點水，一些布和水？」

「OK。」

他走到地下室，我聽到水聲。唐尼拿了一桶水和一些抹布回來放在地上，然後把工作燈掛到天花板鉤子上。他沒看我們，一次都沒有。

唐尼伸手開門。

「再見。」他說。

「嗯，」我說，「再見。」

然後他就把門關了。

第四十五章

漫長的寒夜降臨了。

樓上的人再也沒來看我們。

房裡很靜，隱約可聽見從男生房裡傳來的收音機聲，艾佛利兄弟的《我只能做夢》，貓王的《頑強的女人》，每首歌都在諷刺我們。

我媽現在應該已經慌了吧，我可以想像她打電話挨家挨戶詢問我是否在那裡，是否在外宿營，或未先告知她，就住在人家家裡。然後我爸會去報警。我一直期待警察來敲門，我實在想不透他們爲何還不來。

希望變成了挫敗，挫敗轉成憤怒，憤怒又化爲無奈。接著所有情緒又輪了一遍。我無計可施，只能等待，並清洗瑪姬的臉龐與額頭。

她在發燒，後腦勺都是黏呼呼的血塊。

我們時睡時醒。

我的腦裡不斷跑出歌曲和簡單的詩句。用火藥！泡沫清潔劑——啦——啦——啦——啦——啦。把髒東西洗掉排清——啦——啦——啦——嗒——嗒。越過小河穿過林子……越過小河……穿過林子……小河與林子……我什麼也抓不著，什麼都放不下。

有時蘇珊會開始哭泣。

有時瑪姬會翻身呻吟。

聽到她呻吟我會很開心，那表示她還活著。

她醒了兩次。

第一次醒時，我用布幫她擦臉，正打算要休息時，瑪姬張開眼睛了。我嚇了一跳，布差點掉下來。然後我把布藏到身後，因為上面都被血染成粉紅色了，我不希望讓她看見，我不忍讓她看見。

「大衛？」

「嗯。」

她試圖去聽，我低頭注視她的眼睛，發現其中一隻瞳孔變成另一隻的一半大了——不知道她看到了什麼。

「你有聽見她的聲音嗎？」她問，「她在……在樓上嗎？」

「我只聽見收音機的聲音，不過她在樓上。」

「收音機，是的。」她慢慢點著頭。

「有時我會聽到她的聲音，」她說，「一整天哪，威利和吠吠也是……還有唐尼。我一直以為我可以仔細聽……聽到一些事，弄清楚為什麼她要這樣對我……努力聽她走過房間，或坐在椅子上。可是我……從沒搞懂過。」

「瑪姬？聽我說，妳不該再說話了，知道嗎？妳傷得很重。」

看得出她說話非常費力，且含糊不清，彷彿舌頭的大小突然不合。

「不，」她說，「不，我想說話，我從來都不說，從來都沒有傾訴的對象，可是……？」

她困惑地看著我，「你怎麼會跑來這裡？」

「我們兩個都在這裡，我和蘇珊兩個。他們把我們鎖住了，記得嗎？」

她想擠出笑容。

「我還以爲你是幻影，以前有時候，你就是我的幻想。我有很多……很多幻想，幻想來了，然後……又不見了。有時你會想要擁有幻想，卻沒辦法。你什麼都想不出來，可是後來……你就想出來了。

「我以前常求她，你知道嗎？求她住手，求她放我走。我覺得她一定會放我走的，她會欺負我一陣子，然後就放我走，她會瞭解，會喜歡我的，可是後來我覺得她不會住手了，我們得逃，可是我沒辦法，我實在不瞭解她，她怎麼能讓他燒我？」

「求求妳，瑪姬……」

她舔著嘴唇，笑了笑。

「不過你來照顧我了，不是嗎？」

「是的。」

「還有蘇珊。」

「是的。」
「她人呢？」
「睡著了。」
「她也很難受。」她說。
「我知道，我明白。」
我好擔心，她的聲音越來越弱了，我得貼得很近才能聽到她說話。
「幫我一個忙好嗎？」瑪姬說。
「沒問題。」
她握緊我的手，力氣很虛。
「幫我把我媽媽的戒指拿回來？你知道我媽媽的戒指吧？蘿絲不肯聽我的，她不在乎，可是也許……你能去求她嗎？你能幫我把我的戒指要回來嗎？」
「我會去拿。」
「你保證？」
「我保證。」
她放開手。
「謝謝你。」瑪姬說。
一會兒之後，她說：「你知道嗎？我從來都不夠愛我媽媽，是不是很奇怪？你呢？」
「沒有，好像也不是很愛。」

她閉上眼睛。

「我想睡一會兒。」

「當然，」我說，「妳休息吧。」

「眞好笑，」她說，「竟然不痛了，你一定以爲會很痛，他們燒我燙我，可是竟然不痛了。」

「休息吧。」我說。

她點點頭，然後睡了。我坐著等待詹寧斯警官來敲門，《綠門》的歌詞像繽紛華麗的旋轉馬車，在我腦中旋繞不已……子夜，又是一個無眠的夜／坐看晨光漸起／綠門哪，你到底掩藏了什麼祕密？綠門？

直到我也睡著。

我醒時，大概已經黎明了。

蘇珊搖著我。

「阻止她！」蘇珊害怕地悄聲說，「叫她停啊！求求你！別讓她那樣做！」

一時間我還以爲自己在家裡床上。

我看看四周，終於想起來了。

瑪姬已不在我身邊了。

我的心臟開始狂跳，喉嚨發緊。

接著我看到她了。

她把毯子扔掉了，全身袒裸地蜷在工作台的角落裡。長而結塊的頭髮垂在她肩上，背部是一道道深褐色的污痕，交叉著一條條乾涸的血疤。她的後腦勺在工作燈下泛著滢光。

我看到她肩上的肌肉，從優雅的椎骨向外伸動，並傳來指甲的搔抓聲。

我站起來走過去。

瑪姬用手摳著。

用手指摳著與灰煤牆銜接的水泥地面，想挖出一條通道。她發出細微的使勁聲，破裂的指甲滴著血，其中一片已經脫落了，她的指尖都是血，鮮血混著從水泥上刮下來，大大小小的粗砂。這是瑪姬最終的負嵎頑抗，最終的挑釁。殘破的身體散發一股強烈的鬥志，力拚無情的硬石。

那硬石就是蘿絲。牢不可破——僅摳得下一些碎片。

蘿絲就是那塊硬石。

「瑪姬，行了，求求妳。」我說。

我把手伸到她臂下，將她抱起來。她像個寶寶，一下子就被抱起來了。

她的身體好暖，感覺充滿了生命。

我將她擺到氣墊上，爲她蓋好毛毯。蘇珊把水桶拿給我，我爲她清洗指尖，水變紅了。

我開始痛哭。

我並不想哭，因爲蘇珊在，可是我實在忍不住，淚水潰堤而下，就像瑪姬滴在灰煤牆上的鮮血。

她的體溫是發燒造成的，我被騙了。

我幾乎能嗅到她身上飄散的死亡氣息。

我在她那雙放大的瞳孔中看到了死亡，在放大的孔洞裡，魂魄可消於無形。

我洗著她的指尖。

洗完後，我將蘇珊抱過來，讓她躺到我們中間。我們一起靜靜躺著，看瑪姬淺促地呼吸。每一口氣，都流入她肺裡，將片段的生命補綴在一起，每口氣都是好幾秒的恩賜，她顫動微張的眼皮，是千瘡百孔的肉體下，氣若遊絲的生命——瑪姬再度張開眼睛時，我們並未嚇著。看到瑪姬望著我們，我們好開心，那個熟悉的瑪姬，那個大難降臨之前的瑪姬，而不是發燒神智不清的瑪姬。

她掀動嘴唇，然後微微一笑。

「我想我能撐過去，」她伸手握住蘇珊的手，「我應該不會有事。」

在工作燈的人工照射下，在對我們而言，並非黎明的黎明中，瑪姬死了。

第四十六章

一個半小時後，敲門聲才響起。

我聽到他們從床上起來，聽到幾名男子的聲音，沈重陌生的腳步穿過客廳、餐廳，然後從樓梯上下來。

他們拉開門閂，打開門，詹寧斯出現了，旁邊是我父親和另一名我們在海外退伍軍人會認識，叫做湯普森的警察。唐尼、威利和蘿絲站在他們後面，既不打算逃走，也沒有解釋的意思，只是看著詹寧斯走向瑪姬，撐開她的眼皮，觸著她已停息的脈搏。

我爸走過來抱住我，我的老天啊！他搖著頭說。謝天謝地讓我們找到你，謝天謝地我們找到你了。那是我第一次聽到爸爸那麼說，但我相信他是眞心的。

詹寧斯拉過毛毯蓋住瑪姬的頭，湯普森警官走過去安慰哭個不停的蘇珊，自從瑪姬死後，她就一直很安靜，這會兒一放鬆，便難過得一發不可收拾了。

蘿絲和其他人木然地看著。

那個瑪姬曾在國慶日提過蘿絲的事的詹寧斯，露出殺氣騰騰的樣子。

他紅著臉，聲音幾乎快失控了，他連珠砲似地對蘿絲質問——但你看得出來，他其實更想給她一槍，因爲他不斷摸著插在腰後的槍枝。怎麼會發生這種事？怎麼會那樣？她在這裡待多久了？是誰在她身上刺的字？

蘿絲有一陣子都不答腔，只是站在那兒抓著臉上的爛皮，接著她說了：「我要找律師。」

詹寧斯假裝沒聽見，繼續發問，但蘿絲只肯說：「我要找律師來。」好像她已準備拒絕作證，要對方不必多問了。

詹寧斯火氣越來越大，卻一點用也沒有。我應該告訴他。

蘿絲是顆頑石。

於是她的幾個孩子也跟著有樣學樣。

我沒有，我深深吸一口氣，努力不去想站在身邊的爸爸。

「你想知道什麼，我都告訴你。」我表示，「我和蘇珊都會告訴你。」

「你全都看到了嗎？」

「絕大部分。」我說。

「有些傷口是幾個星期前造成的，你有看見當時的情形嗎？」

「有的有看到，看得夠多了。」

「你親眼看到的？」

「是。」

詹寧斯眯起眼睛，「你是這裡的共犯還是囚犯，孩子？」他問。

我轉頭對爸爸說：「我從來沒傷害過她，爸，從來沒有，真的。」

「你也沒幫過她。」詹寧斯說。

我一整個晚上也都這樣對自己說。

只是詹寧斯把字咬得像拳頭似地，擊在我身上，我被攻得一時喘不上氣。

我心想，他罵得對，罵得好。

「沒錯，」我說，「是的，我從沒幫過她。」

「你試過了。」蘇珊哭道。

「他有嗎？」湯普森問。

蘇珊點著頭。

詹寧斯意味深長地看我良久，然後也點頭說。

「好吧，我們待會兒再慢慢談，我們最好叫人手進來，菲利。所有人都上樓去。」

蘿絲喃喃說了幾句話。

「什麼？」詹寧斯問。

她在自言自語。

「我聽不見妳說什麼，小姐。」

蘿絲抬起頭，眼露凶光。

「我說她是蕩婦，」蘿絲說，「那些字是她寫的！她寫的！『I FUCK FUCK ME』，你以為是老娘寫的嗎？是她自己寫的，自己寫在身上的，因為她覺得很屌！

「老娘是在教她，在管教她，教她要懂得莊重。她為了反抗我，所以寫那些字，『I

FUCK FUCK ME』，她眞的幹哪，她上過每一個人，她幹過他，絕對有。」

蘿絲指著我，然後指著威利和唐尼。

「還有他和他，她幹過他們所有人！要不是我阻止，把她綁在這裡，她連小洛菲都不放過，我不讓人看她的腿、屁股和私處，她的私處——因爲，先生哪，她就是那種騷貨，只要男人想要，她就隨便讓人上。我是在幫她天大的忙。臭條子，狗屎，操你媽的！我是在幫她忙……」

「小姐，」詹寧斯說，「妳最好閉上嘴。」

他彎腰靠過去，好像在看人行道上的垃圾。

「妳聽懂我的意思了嗎，小姐？錢德勒太太？希望妳明白了，妳最好把妳那張狗嘴閉得緊緊的。」

他轉頭問蘇珊，「妳能走路嗎？甜心？」

她抽著鼻子。「如果有人能扶我上樓梯就好了。」

「我把她抱上去就回來，」湯普森說，「她不會太重的。」

「好吧，你先走。」

湯普森抱起蘇珊走出門，上樓梯。威利和唐尼跟在後面，低頭看著自己的腳，好像不知該往哪兒走。我爸爸跟著他們上樓，好像他現在也是警察，負責監視他們，我則走在老爸後邊。蘿絲緊跟著我上樓，她緊貼著我的腳後跟，似乎急著想把這件事結束掉。我向肩後望去，看到吠吠跟在她旁邊，詹寧斯警官走在吠吠後面。

接著我看到了。

戒指在後窗灑進來的陽光中發著亮光。

我繼續踩著樓梯，一時間不知自己置身何處。我義憤塡膺，不停地想到瑪姬，聽到她要我答應幫她取回媽媽的戒指，要我去跟蘿絲哀求，好像那東西不是她的，只是借她而已。彷彿蘿絲才是正主，而不是該死的賊。我想到我們還沒認識瑪姬前，她所經歷的一切，痛失至愛的親人，只剩下蘇珊一個妹妹——然後遇到這個代替品，這個假媽媽，這個邪惡可笑的母親。她不僅偷了瑪姬的戒指，更奪走她的一切、她的生命、未來、身體——而且還打著教養她的名義，其實卻是在攻擊她，且越欺越甚，樂在其中，並且不擇手段——最後終於把她逼垮了，如今她躺在地上，芳華早逝、香消玉殞、灰飛成塵。

可是戒指卻留下來了，我在暴怒中領悟到，自己也可以反擊。

我停下腳，轉身抬手，張開五指往蘿絲的臉上壓去。我看到蘿絲的黑眼訝異地看著我，並且在消失之前，露出驚恐的神色。

她明白我的意圖了。

而且她想活下去。

我看著她慌忙去抓扶欄。

感覺她張大嘴巴。

且摸到她鬆弛冰涼的臉頰。

我知道爸爸在我前方繼續往樓上走，他已經快到樓梯口了。

我用力一推。

我從沒感覺這麼痛快，這麼強勢過，不管是那時，或是爾後。

蘿絲失聲尖叫，吠吠伸手去抓她，詹寧斯警官也是，但她摔著的第一個台階是詹寧斯所站的地方，而且撞時扭了身，詹寧斯幾乎沒碰著她。漆罐紛紛掉到底下的水泥地，蘿絲也是，但動作稍微慢了些。

她的嘴被台階撞開，整個人像雜耍員一樣彈起來旋過去，因此再次頭朝地先撞到地面，嘴、鼻和臉頰隨即落下，重如石袋的身體當場壓爆。

我聽見她的脖子啪地折斷。

接著她便躺在那兒了。

房中突然飄出一股惡臭，我差點笑出來。她像嬰兒一樣地拉屎了，我覺得那實在太美妙了。

接著所有人火速衝下樓，唐尼、威利、我爸爸，以及放下蘇珊的湯普森警官，推開我衝下去，每個人大聲叫著圍到蘿絲身邊，彷彿發現考古遺跡。怎麼回事？我媽媽怎麼了！威利高聲問道，吠吠哇哇大哭，威利完全失控了，他伏在蘿絲身上，兩手在她胸口肚子上揉搓，想讓她起死回生。他媽的到底怎麼了！唐尼大吼一聲，他們全都抬頭看著樓梯上的我，一副想將我撕裂的樣子，我爸站到樓梯底下，預防他們動手。

「究竟是怎麼回事？」湯普森警官問。

詹寧斯只是看著我，他知道，他很清楚發生什麼事。

可是當時我一點也不在乎，只覺得自己打死了一隻黃蜂，一隻叮我的黃蜂，就這樣，沒什麼大不了。

我走下樓梯面對他。

詹寧斯看了我一會兒，然後聳聳肩。

「這小鬼絆了一下，」他說，「沒吃東西，沒睡覺，朋友又死了。是不小心的，很不幸，但有時就是會這樣。」

吠吠、威利和唐尼才不信，但今天似乎沒人在乎他們，也不在乎他們信或不信。

蘿絲的大便臭極了。

「我去弄條毛毯來。」湯普森說著，從我身邊走過去。

「那個戒指，」我指著說，「她手指上的戒指是瑪姬的，那是瑪姬媽媽的，現在應該還給蘇珊。我可以拿給她嗎？」

詹寧斯瞪我一眼，意思是你鬧夠了吧，別再得寸進尺。

可是我也不以爲意。

「那戒指是歸蘇珊的。」我說。

詹寧斯嘆口氣，「是眞的嗎，各位？」他問幾名男孩。「如果你們從現在起不再說謊，事情會好辦很多。」

「應該是吧。」唐尼說。

威利看著他哥哥，喃喃說：「操你媽的。」

詹寧斯抬起蘿絲的手，看看戒指。

「好吧。」他說，然後語氣突然一軟，「你把戒指拿給她吧。」他將戒指從蘿絲手指上摘下來。

「告訴她別弄丟了。」他說。

「我會的。」

我走上樓。

頓時覺得筋疲力盡。

蘇珊躺在沙發上。

我走過去，在她問我發生什麼事之前，我舉起戒指。蘇珊望了一會兒，明白那是什麼了。看到她的眼神，我突然跪倒在她身邊，蘇珊對我伸出細瘦蒼白的手，我抱住她，兩人一起痛哭，久久不停。

尾聲

第四十七章

我們是青少年——不是罪犯，而是少年犯。

所以按法律規定，我們在定義上是無知的，不能完全爲自己的行爲負責，好像任何十八歲以下的人，都可以合法地發瘋，而且都沒有分辨是非的能力。我們名字永遠不會對媒體公布，我們沒有犯罪記錄，也絕不對外公開。

我覺得很詭異，可是因爲我們未享有成人的權利，所以自然也不必承擔大人的責任吧。除非你是瑪姬或蘇珊。

唐尼、威利、吠吠、艾迪、黛妮絲和我上了少年法庭，蘇珊和我出庭作證。庭上沒有檢察官，也沒有被告律師，只有安德魯·席維法官、一票心理學家及社工人員，熱切地討論該如何處置每一個人。其實從一開始，就看得出來他們會怎麼處理了。唐尼、威利、吠吠、艾迪和黛妮絲被送進少年觀護所——也就是感化院。艾迪和黛妮絲因爲沒有動手殺人，只關了兩年。唐尼、威利和吠吠關到十八歲，這是當年最嚴厲的判決了。他們十八歲時會被放出來，並銷毀其記錄。

年少時的行爲，不能阻礙成人的發展。

他們在遠處湖區的另一個城鎮，幫蘇珊找到寄養家庭。

由於她在聽證會上幫我美言，加上少年法中並無所謂的共犯，所以最後把我交還給父母看管，並派了一位精神科社工人員輔導我。一個很像學校老師，名叫莎莉·貝絲·康特的冷漠女士。她每週來看我一次，後來改成每月一次，看了整整一年。康特似乎總是很關心我如何「處理」自己的所見所為——以及那些沒做的事。但她其實很心不在焉，好像對輔導已經有些厭煩了，而且似乎巴不得我能給她一些議題或狀況去發揮，希望我父母死也不原諒我，或是我會拿斧頭去砍他們之類的。後來一年期滿，她就沒再來了，我整整三個月後才想到。

我從沒再見過他們，至少沒有見到本人。

我跟蘇珊通了一陣子信，她的骨頭癒合了，她很喜歡她的寄養父母，也交了幾個朋友。後來她就沒再寫信來了，我沒問她原因，我並不怪她。

我爸媽離婚了，老爸搬離本鎮，我很少見到他。到頭來，他大概還是覺得在我身邊很尷尬吧，我也沒怪他。

我畢業時是班上倒數第三名，沒有人覺得訝異。

我讀了六年大學，其中兩年跑到加拿大躲兵役，後來拿到商業碩士學位。這次我拿到全班第三名，所有人都很訝異。

我在華爾街找到工作，娶了一名在維多利亞省認識的女人，離了婚，又再婚，然後一年後又離婚。

我父親一九八二年死於癌症，母親於八五年心臟病發，死在廚房水槽邊的地板上，死時手裡拿著一顆甘藍菜。即使到最後，獨居又不需幫別人做飯的媽媽還是很重視吃，因爲誰也不知道大蕭條何時會捲土重來。

我帶著未婚妻伊莉莎白回家，幫母親賣房子，處理不動產。我們一起整理母親在那兒生活四十年所留下的一堆堆遺物，我在一本阿嘉莎．克莉絲蒂的小說裡找到一些未兌現的支票，也找到我大學時寫的信，以及我一年級時的蠟筆畫。我還找到老爸的鷹巢開張時的發黃剪報，以及在基瓦尼社、退伍軍人會、扶輪社得獎的消息。

然後我找到瑪姬．羅林和蘿絲．錢德勒死亡的新聞。

那是地方報上的訃聞。

瑪姬的訃聞很短，短到令人心疼，彷彿她的一生根本不值得一提。

羅林——瑪姬，十四歲，已世的丹尼爾．羅林及喬安哈莉．羅林之女，蘇珊．羅林的姊姊。葬禮於週六下午一點半，在新澤西方戴爾，奧克達路一百一十號，費雪殯儀館舉行。

蘿絲的訃聞較長：

錢德勒——蘿絲，三十七歲，威廉．錢德勒之妻，已世的安德魯．帕金斯及芭芭拉．帕金斯之女。其先生和兒子小威廉、唐尼和洛菲均健在。葬禮於週六下午兩點，在新澤西方戴爾，山谷路十五號，哈普金斯殯儀館舉行。

訃聞雖然較長，但一樣空洞無物。

我看著兩張剪報，發現她們的葬禮在同一天，只間隔半小時，且兩間殯儀館僅隔了六七條街。我兩個都沒去，也無法想像會有誰去。

我看著客廳窗外、車道對面的房子。我媽曾說，現在住了一對年輕夫婦，人很好，沒有小孩，但希望能生。他們等有了錢，就會加蓋內院。

下面的一份剪報上有張照片，是一名年輕英俊、留著棕色短髮、大眼且一臉憨笑的男子。

看起來很眼熟。

我攤開剪報。

那是從紐華克《明星紀事報》剪下來的，日期是一九七八年一月五日。標題寫著「馬納斯關區男子被控謀殺」，報導指出，照片上的男子跟一名青少年於十二月二十五日被捕，涉嫌刺殺並燒死兩名少女，馬納斯關區的派翠西亞．漢史密斯，十七歲，以及艾斯布利區的黛柏拉．柯恩，十七歲。

兩名受害者都有受過性侵的跡象，二者雖被刺多刀，但致死原因是燒傷。她們被澆上汽油，在荒棄的田地上放火燒。

照片上的男子就是吠吠。

媽從沒跟我提，我看著照片，至少想得出一個她不說的理由——因為我可能會去找報紙，並看到照片。

二十幾歲的吠吠長得好像蘿絲，像得嚇人。

這份剪報跟其他剪報一起塞在衣盒裡，收在閣樓上。剪報邊緣已又乾又黃，且開始碎裂了。不過我注意到旁邊還有東西，我把剪報翻過來，認出是老媽的字。她的鉛筆字已經褪淡了，但還是讀得出來。

媽媽在標題旁，照片旁邊，諷刺地寫道——不知唐尼和威利過得如何？

如今我的第三次婚姻亦岌岌可危，倘若瑪姬還活著，我的妻子應與她同齡。我常為噩夢所擾，內容都與辜負有關，辜負某個人，粗心大意地丟下他們任世界蹂躪——而且除了媽媽寫在剪報旁邊的名字外，還加上黛妮絲和艾迪兩個人，以及我自己的名字——我也在猜他們過得如何。

作者後記

「誰愛你，寶貝？」神探柯傑克❼說。

我不知道誰愛我，卻知道自己害怕什麼人和什麼事。廣義地說，就是指無可預期的事。我不是指怪力亂神，而是指老人癡呆症、愛滋之類的事。有一天我走在百老匯大道，沒想到一座橡木製的化妝台竟掉在距離我兩步遠的人行道上。「那種事」令我害怕，驚嚇，且令我憤怒。

我對那些令我害怕的人也有同感，他們令我髮指。我拒絕跟連續殺人狂分享地球，這些人看起來跟我很像，講話跟我也像，而且頗具魅力，只是他們有個奇怪的地方，天啊，他們喜歡把別人的乳頭咬下來。

這不只是與受害者感同身受而已，我的意思是，我也有乳頭啊。

反社會者也令我害怕憤怒，不僅是一般的反社會者，還有那些在佛羅里達，詐騙老太太土地的金光黨。所有這些沒良心的人都令我生氣。我認識一名女士，她老公在股市慘賠，爲了還債，冒用她的名義超貸二十五萬美元，更甭提國稅局的各種表格了，如今房貸利息加上

❼註：Kojak，美國偵探影集主角。

要補繳的稅款，終於東窗事發了。而她——有一個孩子要養，竟然還可悲地像八歲小孩依戀父親一樣地愛著她的老公——自從一九八九年三月後，就再也沒見過或聽到他的消息了。別人也一樣，他溜掉了，沒人能拿他如何，卻讓整個世界像蒼蠅般地纏著他老婆和兒子。

我一直很想寫個關於這種爛人的故事，寫他們的非我族類，以及當我們這些人類相信他們跟我們同屬一族的後果。

我在傑．羅伯．納許（Jay Robert Nash）的《惡魔與壞蛋》❽中看到一個這種角色。她的罪行非常罕見，令人深惡痛絕❾。

她在為期數個月的過程中，在青少年兒女的協助下——最後連鄰居小孩也來參與——將一名寄宿的十六歲女孩，當著她妹妹的面凌虐至死，理由是要「教她如何在世上當一名女人」。

她的小孩令我想到了《蒼蠅王》（Lord of the Flies）的某個部分，且不管小孩子——因為是這個女人，這個大人容許他們，指揮他們，並一步步引導他們參與這場病態教學遊戲的。她本質上鄙視女性，除了自己的苦，完全漠視他人的苦，並將她的想法灌輸給一群青少年，傳遞給那女孩的朋友。

書裡有一張她的照片，她在一九六五年犯罪，時年三十六，但書裡的容顏彷若六十歲，皮膚鬆弛而污斑點點——皺紋橫生——薄而憤恨的嘴，漸退的髮線。她頭髮邋遢，髮型整整落伍了十年。

深陷的大黑眼既凶惡又空茫，令人生畏，我立刻對她憤怒起來。

也一直忘不了她。

幾年後家母去世了，她在愛的氛圍中，去世於我自幼所知、也是自小成長的新澤西家中。那個房子從各方面而言，都還是我的本家。我慢慢處理這兩項損失，隔一段時間便離開我的公寓，在那兒待一長段時間，處理她的財物，重新跟鄰居相熟，回憶過去。

那時我在改寫《她醒來》（She Wakes），這是我到目前爲止，唯一的一部志怪小說。我已經把小說擱下一陣子了，能回頭改寫也滿好的，因爲我那陣子實在無心寫新的東西——或寫實的東西。一位在陽光斑斕的希臘島嶼上轉世的女神，剛好適合我。

可是漸漸的，那女人開始慢慢再度浮現了。

也許是她那一九五〇年代的髮型吧，我也不曉得。

小時候，我們家那條街是條死巷，家家戶戶都生了一堆戰後寶寶，我可以想像她在那裡幹那件事。你若經歷過五〇年代，就會明白那個年代的黑暗面。各種壓抑的情緒，已積聚到隨時會爆發開來了。那種孤立與人們的特質，極適合讓我將眞人實事轉化成小說。

因此我想，把時代拉回到一九五八年，我十二歲的時候，場景不在實案發生的中西部，而改到新澤西。

❽註：Bloodletters and Badmen，內容爲美國眞實的犯罪殺人事件。

❾註：這裡是指六〇年代、震驚全美國的監禁、虐待事件的凶手，一名叫格特魯德·巴尼澤夫斯基（Gertrude Baniszewski）的婦女。

在新澤西待了整個夏天，回憶不斷湧現。林子的氣味，地下室陰溼的牆壁，一些多年來我忙到無暇多想的事，此時在夜裡令我難以成眠，太多浮現的細節了，擋都擋不住，而我也不想去擋。我甚至不時想到當時喜歡的東西，小溪、果園、家家夜不閉戶，還有貓王艾維斯。

但我也不是在寫《快樂時光》⑩。自從我的第一本書《淡季》（Off Season）之後，我從沒寫過主題這麼嚴酷的書，而《淡季》寫的還是緬因州海邊的食人者。不管我寫得多麼劇力萬鈞，還是不會有人正眼瞧它，但這是跟虐待兒童有關的書。虐待手法極端到令我決定淡化一些細節，有些則全部略過。

卻依然極端。

但我不能因此就不寫了。問題在於，如何維持故事的極端性，同時呈現出受虐兒每天的眞實生活。

提出技術問題是一種手法。我利用第一人稱，藉一名鄰家男孩來講述。他很困惑，卻不夠敏感，在欺凌的刺激與悲憫間猶豫不決。他看到很多，但不是全部，這種手法讓我能輕描淡寫一些事，而不必重點著墨。

而且述事者是在三十年後才說的，這時他已經是大人了，可以做刪修。因此當事態演變到最不堪時，我就讓他說，對不起，我不打算告訴你們，要的話，自己去想像吧，至於我，我不幫你們。

懸疑小說採第一人稱敘述，讀者的同情心會自動轉移到受虐的對象身上。我在《捉迷藏》

（Hide and Seek）也使用相同的手法來達成效果。讀者知道描述者會活下來，所以就比較不會擔心他的人身安全（不過讀者可以擔心他的道德尺度，那也是這邊希望達到的效果）。若是處理得好，讀者會擔心他在乎的人的安全，在本書中，即是鄰家女孩和她的妹妹。

這有點複雜，因爲若他關心的人不夠吸引人、讓人同情，或讀者本身並不像敘述者那麼喜歡律師或狗，讀者最後只會冷眼看著壞人行惡或施暴，或乾脆把書合上了。

我想我是太杞人憂天了（這點他很有信心）。如果本書有道德的灰色地帶和壓力，那是應該的，因爲那正是男主角必須解決的問題，決定自己的觀點。我不會太擔憂，因爲我很喜歡這兩位女孩，這點是無庸置疑的。她們不僅是受害者，在某些方面而言——尤其她們又是姊妹——我覺得她們非常勇敢。

也因此相較之下，其他那些人便令我害怕。

令我恐懼。尤其每次打開報紙，或看晚間新聞，或跟被醉酒的丈夫毆打的婦女談話時，都令我憤怒不已。

❿註：Happy Days，美國五、六〇年代電視情境喜劇。

鄰家女孩 / 傑克・凱琛（Jack Ketchum）著；
柯清心譯.-- 初版. -- 臺北市 : 小異出版 :
大塊文化發行, 2009.12
面； 公分. -- (SM ; 10)
譯自 : The Girl Next Door
ISBN 978-986-84569-9-0(平裝)

874.57 98018887

10550 台北市南京東路四段25號11樓

廣　告　回　信
台灣北區郵政管理局登記證
北台字第10227號

大塊文化出版股份有限公司　收

地址：□□□□□ ＿＿＿＿＿市／縣＿＿＿＿＿鄉／鎮／市／區

＿＿＿＿＿＿＿路／街＿＿＿段＿＿＿巷＿＿＿弄＿＿＿號＿＿＿樓

請沿虛線撕下後對折裝訂寄回，謝謝！

編號：TSM010　書名：鄰家女孩

讀者服務卡

謝謝您購買本書！

如果您願意收到大塊最新書訊及特惠電子報：

- 請直接上大塊網站 locuspublishing.com 加入會員，免去郵寄的麻煩！
- 如果您不方便上網，請填寫下表，亦可不定期收到大塊書訊及特價優惠！
  請郵寄或傳真 +886-2-2545-3927。
- 如果您已是大塊會員，除了變更會員資料外，即不需回函。
- 讀者服務專線：0800-322220；email: locus@locuspublishing.com

姓名：________________________ 姓別：□男 □女

出生日期：_____年_____月_____日 聯絡電話：____________

E-mail：____________________________

您所購買的書名：____________________________

從何處得知本書：

1.□書店 2.□網路 3.□大塊電子報 4.□報紙 5.□雜誌
6.□電視 7.□他人推薦 8.□廣播 9.□其他

您對本書的評價：
（請填代號 1.非常滿意 2.滿意 3.普通 4.不滿意 5.非常不滿意）
書名_______內容_______平面設計_______版面編排_______紙張質感_______

對我們的建議：____________________________

____

____

____

____

____

Trans+

Trans+

Trans+

Trans+